U0152238

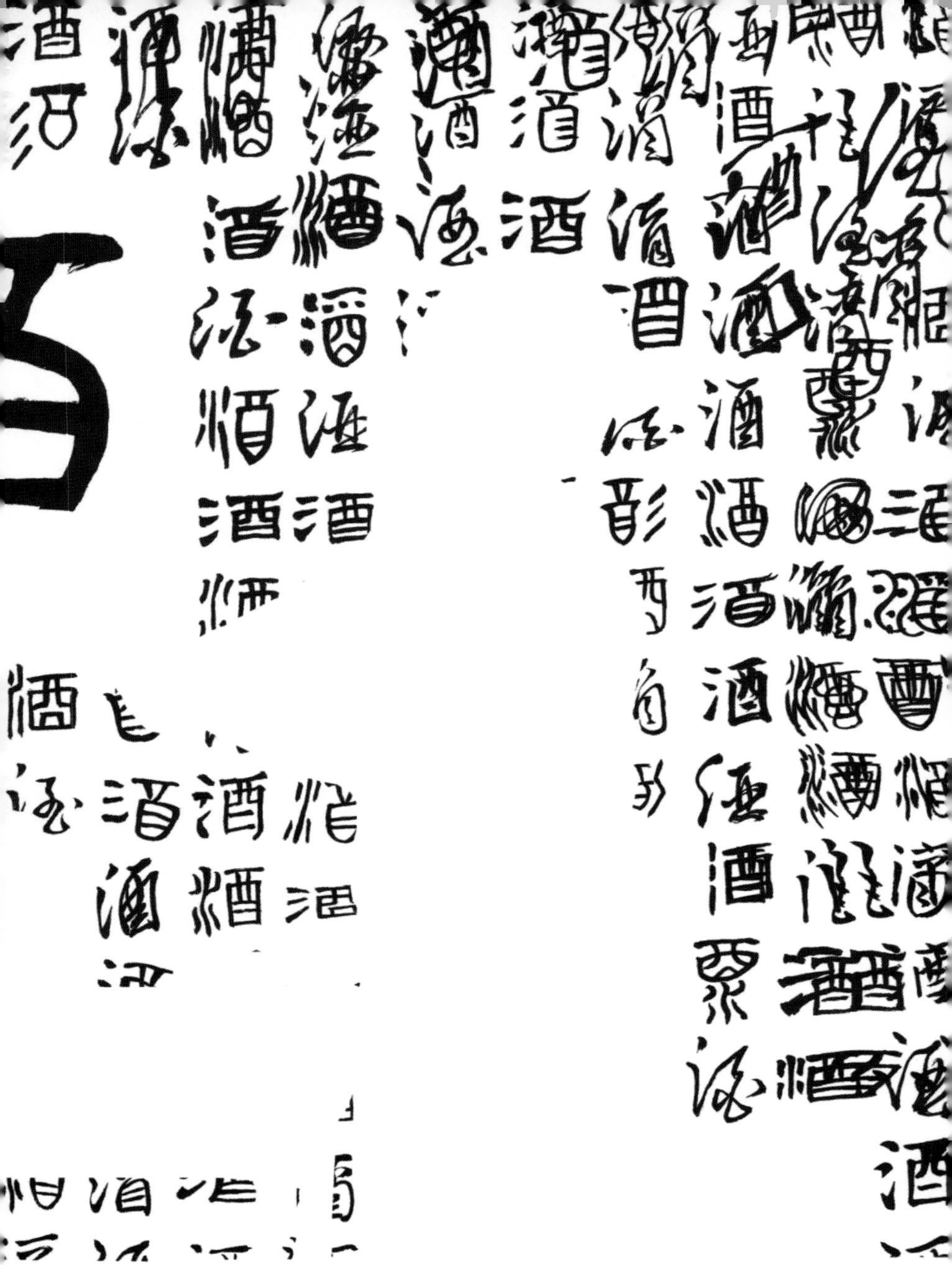

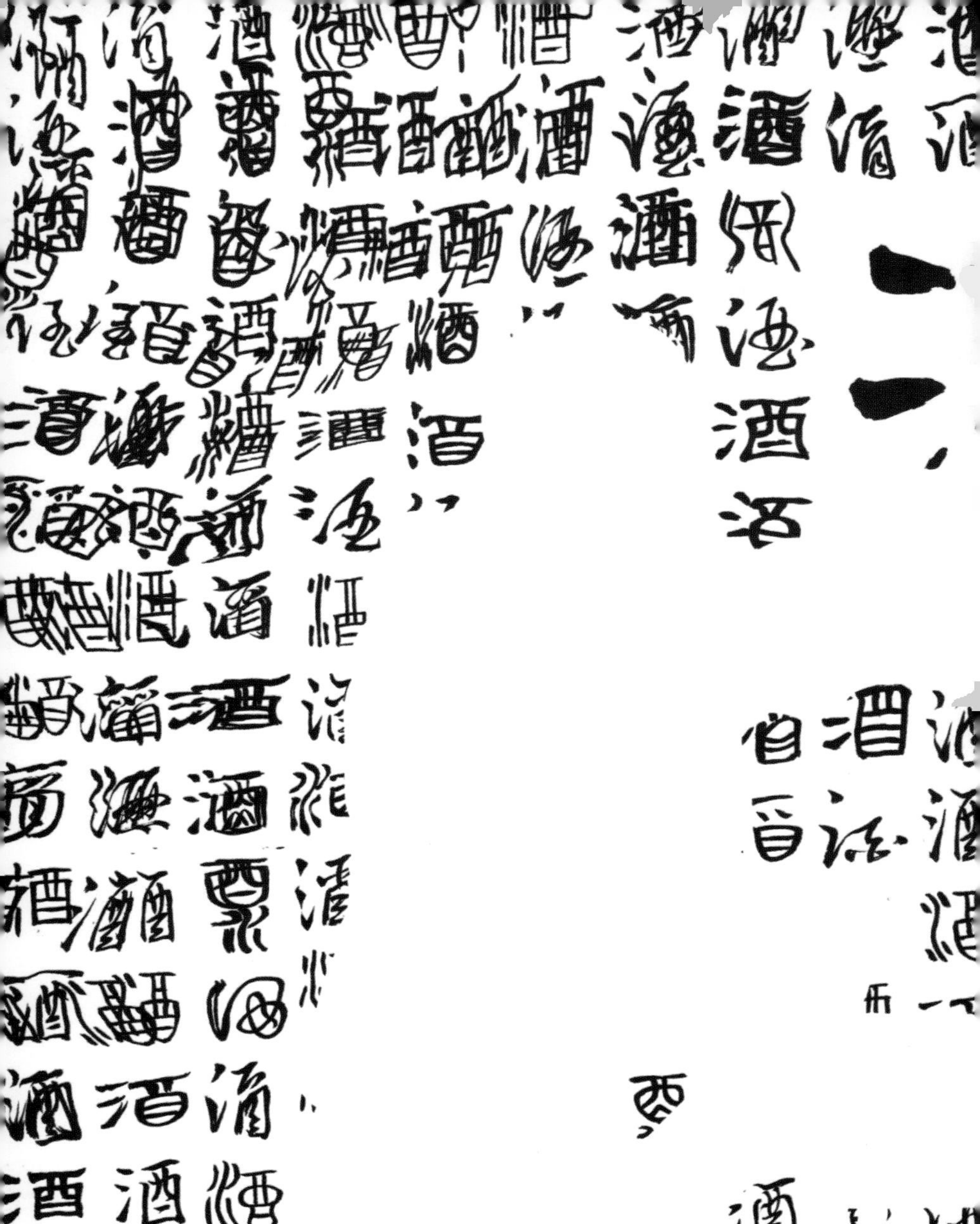

作者簡介

文心 (know.the.inside)——寫文的初心

「物色之動，心亦搖焉。」《文心雕龍・物色》

「望道便驚天地寬，洞悉世情皆學問。」

他是沙田區傑出青年，曾獲《一百毛》訪問有關夢與催眠，以往從事禁毒、中學生的輔導工作。他著有《催眠師的筆記》一書，亦出版學術論文餘篇，包括：從心理學角度探索中西方譯夢之異同，亦有針對催眠治療與應屆考生的應用。他是香港註冊社工、也是國際醫學及牙醫學催眠協會 (IMDHA) 催眠治療導師、美國國家催眠治療師公會 (NGH) 催眠治療導師，擁有香港大學社會科學［行為健康］碩士（碩士論文從事與催眠治療相關的研究）及教育文學碩士的資歷。他就讀香港大學碩士期間，在有關 “Counselling and Psychotherapy” 的學科中取得 A grade 的成績，現修讀香港大學法律系仲裁及調解碩士。

此外，他醉心於武術，文武皆宜，為大學前武術學會主席。

他亦擁有專業調酒師的資格，不能自醉，只希望調出令人醉的文字。率性而為，隨心而寫。

Instagram: know.the.inside
Email: leslie.hypnotherapy@gmail.com

作者簡介

局目子 —— 出生於修行之家，在修行心靈方面極有心得，「局目子」著作有《樂問》、《心靈花園》、《活生不死》。局目子為電訊學碩士及資訊科技學士，國際醫學及牙醫學催眠協會 (IMDHA) 催眠治療師，加拿大催眠治療師協會 (PBH) 健康及心靈催眠治療師，美國國家催眠治療師公會 (NGH) 催眠治療師，此外他是 IT 人、畫家、武術家、催眠治療師和專業攝影師等。二十多年來在不同道場中說法和研究修行之理。「局目子」在文、武、哲、道、醫、科、易、拳，深有研究及心得，更是「尚武會」之創立人，教授武學及修德之法。

Facebook: https://www.facebook.com/health.mind.life/

自序

天下無處不是酒，催眠盡在生活中

文心

酒能導致很多癌症。

目前已知各種癌症與酒精攝取的相關性如下：

癌症類型	飲酒相關百分比（%）
口腔癌	41
喉癌	23
肝癌	22
食道癌	21
乳腺癌（女）	16
結直腸癌	13

（資料來源：北京大學腫瘤醫院）

我們寫這本書，並不是鼓勵人喝酒，而是透過《酒徒》去告訴你一個人是如何可以面對世界的殘酷，仍可以大笑世界，以自我催眠的方式掙扎求存。

人都離不開酒，不論月下獨酌、借酒消愁、抑或聚會狂歡、相戀失戀，都不能沒有酒。傷心時喝酒，快樂時更要多暢飲幾杯。酒能激活人生，也可活躍人的五感，豐富人的精神生活。每個國家都有飲酒文化，在內蒙古的草場上，你可邊看萬馬奔騰，大口乾一杯燒刀子；在威尼斯河畔，你可以走到不知名的酒吧，隨意來一杯葡萄酒，品味生活；抑或在貝加爾湖邊的極光下，乾一杯伏特加笑看如畫的人生。每一處也可以有酒的存在，在同一空間，卻可以有不同的情感。不同的情感環繞糾纏在同一空間，矛盾而和諧。

很多的作品都從藝術、文學、寫作技巧去鑒賞《酒徒》，其實用催眠的角度去觀賞《酒徒》「味嘗」不可。以催眠作為一種介入手法，可看到酒徒意識流的幻想世界，看似雜亂無章，其實是一個統一的整體。人的意識是變化不斷的，沒有一秒停止。意識流的特點就是強調思想的不間斷性以及超越時間、空間界限的無限性，這正正如催眠同出一轍。

這是個苦悶的時代啊！一個不喝酒的人，卻寫出一個喝醉了的人都無法寫出的小說，這是一種無限聯想，而催眠就是需要這種無限聯想。

從曹操的《短歌行》：「何以解憂？唯有杜康。」、李白的〈將進酒〉「古來聖賢皆寂寞，唯有飲者留其名。」到劉以鬯《酒徒》的「一杯。兩杯。三杯。四杯。五杯。」作為文人，必須喝酒。醉翁之意不在酒，而是在於酒後那無窮無盡的思想世界。

劉先生曾說過：「白天我寫娛人的文章（包括連載通俗小說），晚上要是有空我就寫自己想寫的、娛己的嚴肅文學。這些年來，為了生活，我一直在『娛樂別人』；如今也想『娛樂自己』了。」每每細讀他的文章，都流露出份外的不羈，或者正正因為酒徒無需別人明白，才顯得與眾不同，或者這正是《酒徒》被譽為「中國第一部意識流小說」的原因。

這是一本導讀《酒徒》的書，如果有人因為此書而去看《酒徒》，這也是我們意料之中的；如果有人因為此書離經叛道而咒罵作者，這也是意料中事。

一個愛酒的人，從不會分析酒的成份。

一個真催眠師，卻會分析催眠的成份。

或者這就是我們寫這本書的動機吧！就當是我們愚人娛己吧！

最後，我亦很感謝本書的另一位作者局目子，當時邀請他大膽嘗試，沒想到他一口答應。沒有他，此書亦不能成。

但願：

你不需喝酒，也能成為《酒徒》；

你不需懂催眠，也能認識催眠。

自序

文字是醇酒，紙張是酒杯，一字一句把你灌醉！

局目子

《酒徒》是一本超時代的作品，是一本神奇的書，是中國第一本意識流文學作品。作者劉以鬯何止用文字把讀者灌醉？我在拜讀的過程中，實在有酒醉的感覺，書中以意識流手法巧妙地描述醉的層次：由意飲、淺嚐、薄醉、中迷、厚醉、深迷、幻象、迷醉至「斷片」之後又回到醉醒前、剛醉醒、醉後中期及後期等狀態的細膩描述。這神妙的技巧使我的意識也如流水般流入酒徒的世界裡！作者用意識流手法把讀者催眠，意走如流水般動，一字一句把我灌醉！

因為意識流和催眠有著異曲同工之妙，所以在酒徒中尋找催眠手法及技巧是十分容易的！兩者有著「同一性」的微妙關係，它們也是游走於識及潛意識之中，大玩感覺世界：視覺、聽覺、味覺、嗅覺、感覺、思覺。所有意識也是作者的魔法棒，法棒一揮，酒變成了文字直入心靈意識深處，以文字活演了醉酒世界。《酒徒與催眠》是以催眠角度看《酒徒》，以催眠來分析《酒徒》的意識流手法。作者有如「意識流」魔法師，手握催眠魔法棒，在讀者不知不覺下，用文字把他們催眠。有人說：「未曾酒醉已清醒」，但我可以說給大家聽，看畢《酒徒》後有「未曾沾酒已醺醉」之感！

神秘人的廣闊天地

專欄作者：陶囍

十多年前初識局目子，跟他當了幾年同事，他負責技術部門，實幹型，不多言，起初我有眼不識泰山，先入為主地以為搞 IT 的人難免會有一點點宅，後來有天不知怎的聊起《易經》，話匣子打開，他娓娓細說易經的起源和「用法」，聽他說得頭頭是道，我也生起了興趣，希望更深入認識老祖宗留下的學問。局目子偶爾起卦解卦，不但神準，還附送世道哲理，叫幾乎把易學誤當玄學的凡人如我，放下神秘的期待，走進廣闊的學習天地。

相識愈久，愈發現局目子周身刀張張利。道教、佛學、術數、武術、繪畫、量子力學……興趣廣泛是一回事，用心鑽研卻是另一回事，舉凡他迷上了甚麼新知新學，必定全神貫注，一股腦兒投入進去，過了一段日子，總會交出個人心得，又因他涉獵範圍大，當他把不同領域所學融會貫通，常有獨到見解，得友如此，見面閒談多有啟發，讀他的書則是另一重趣味。

這麼多年，已習慣了他種種令人驚異的本領，但收到這書稿時，仍然被震驚了一下。近年他學習催眠，精進理論，勤加實踐，我倒不覺得意外，然而用催眠的視角解讀劉以鬯先生名著《酒徒》，還是大大出乎意料。小書設計很有心思，圖文相輔相成，詮釋文學，同時深入潛意識，一次過滿足了認識催眠和欣賞文學的兩個願望。

學海無涯，自問對催眠和文學所知很淺，拜讀局目子和文心的新作，不意打開了另一片天空。神秘人其實不神秘，保持好奇好學的心志，不拘泥形式，又樂於與人分享，正是箇中要訣。

推薦序 1

兩位作者是在催眠、藝術、心理治療路上相互切磋、相互成長的好友。

作為本港一間提倡心理健康及催眠治療的機構，很高興能為《酒徒與催眠》寫序。

香港人壓力大，成了事實。現今已無人倖免，各個單位有各種壓力，有些壓力演化成焦慮、有些演化成酗酒、有些演化成賭博成癮、有些演化為暴食、有些演化成失眠、有些更使人產生輕生的念頭……數之不盡。

壓力演變成無孔不入、無處不在的病毒，影響著每個人，亦影響每個生命階段。事實上，我們有千百種放鬆自己的手法，難就難在我們會不會去尋找。我深信本書的兩位作者並非鼓勵別人多喝酒，以消極的態度面對現實，相反兩位作者帶出了一個很重要的概念：

酒可以是任何的工具，它可以是水、空氣和陽光，一切可以令你放鬆的事。

沒有想過催眠與酒徒可以融為一談，以此手法作重新包裝，重新演繹，活現了這部經典，亦充分反映了催眠兼容並蓄，整合式的一面。酒徒是一個從來不理世俗批判的人，而此書亦可見證作者們「精心」而「獨特」的催眠觀，是一個很好的結合，也是一個「與眾不同」的好例子！一如劉以鬯老師生前提過的：

「我的心願很簡單。除非不再寫作，否則便要寫與眾不同的作品，直至今天依然堅持這個想法。」

這本書未必是香港人的「討好題材」，但它絕對是兩位作者消化了《酒徒》後的一種內在情感轉化，是把碎塊的自我拼湊並重新定義的過程。這個短篇作為《酒徒》的導入簡單易明，絕對是一本「成為酒徒的秘笈」；若作為催眠的導入，更是創意無限，亦有不同的例子，引經據典，值得讀者在都市繁忙的節奏下細閱！

Valient Leung
專業心理治療及應用（香港）中心聯合創辦人
Facebook: 專業心理治療中心，
https://www.facebook.com/hphi.health/
Website: https://www.hk-hphi.com/
Instagram: hphi_psychotherapy

推薦序 2

拜讀過劉老師的《酒徒》，再看此作品，別有一番風味！

「我責怪自己太低能，無法適應這個現實環境。我曾經努力做一個嚴肅的文藝工作者，差點餓死。為了生活，我寫過不少通俗文字，卻因一再病倒而觸怒編者。」這是我對《酒徒》裡一個很深刻的畫面。作為一個藝術工作者，我深深體會到此句話的力量以及作者那種吃力不討好的心情。

我本身亦是學催眠，所以看此書時深深體會到作者匠心獨到的安排，以及成功將兩者結合。催眠讓我發現藝術和潛意識溝通的更多可能性。我自感催眠跟我的作品連結，亦同時豐富了我的藝術思想世界，陪我走過一個又一個的難關。催眠似乎與酒徒沒有太大的關係，但因為酒徒不經不覺的「自我催眠」，酒徒一直默默耕耘，一路以來，走過很多日子……

酒徒自我輪迴的結局，可能令人不值同情，但其實他是一個自我救贖的過程，在每一次重複與深化的過程中，也令酒徒長大。此書以催眠角度，一步一步剖析了酒徒的心態，其實也是另類「治療」的一種。

催眠在香港人的文化中，可能尚帶點神化色彩，但其實也是心理治療的一種。催眠著重透過潛意識，使被催者與自己的內在溝通，而酒徒亦是一個不斷與自己的內心進行溝通，通過喝酒後進入一種催眠中的恍惚狀態，進入自己的潛意識，激活自己天馬行空的創作過程。

本書的出版更讓我更確信：藝術、身心靈文化在本地推進是可行而有活力的。

本書將藝術、催眠、意識流手法寫成一本酒徒的心路歷程。或者很多人會覺得催眠很難理解，亦會覺得《酒徒》裡的文學理論深澀，但此書巧妙地將兩者結合，扼要地重新展視，充分體驗「藝術作品」是沒有邊際，也是沒有界限的。

H.K.A.P.A.A
Hong Kong Applied Psychology and Arts Association
香港應用心理及藝術協會

Canace Yuen
藝術家 / 催眠治療師 /
香港應用心理及藝術協會執行總監
Website: https://www.hkapaa-association.com

《酒徒》故事簡介：一分鐘認識《酒徒》

《**酒徒**》最獨特之處是：自由地運用多種嶄新寫小說的技巧。當中最重要的便為：「意識流」（stream-of-consciousness）。與現實主義小說不同，它並沒以既定的形式、時間或空間順序展開敘事，它試圖以流經人物腦海、雜亂無章、不合邏輯（卻又自成邏輯）的軌跡作連結，活現了催眠潛意識 (unconsciousness) 的錯綜複雜。人物的意識像光一樣投射到萬事萬物中，支離破碎的事物亦充分反映了人物遭受各種壓力與刺激的心理特徵。

《**酒徒**》內容並不難懂。這本小說主要講述主角經常喝酒大醉麻醉自己，卻又良心未泯，希望成為一個有良心、嚴肅的文學家。他常徘徊於醉與醒之間，就像催眠的「恍惚狀態」一樣，半睡半醒。

沒有道德的商人，可以腰纏萬貫；有良心的文人卻室如懸磬，一貧如洗，三餐不繼，為錢發愁。

小說借酒徒具體呈現了一個嚴肅作家如何在勾心鬥角、商業社會的香港下煮字療飢，絕處逢生，又迷失自我沉迷女色，改變初衷，成為了一個自己曾看不起的人。為了生活，他亦濫寫武俠、色情、庸俗的「四毫小說」，即水準低下、庸俗而沒有營養的小說來換取生存。

《**酒徒**》大量用了「內視域」（internal perspective）的技巧，增加讀者對角色內心世界的透視。當中不少角色都賦予了象徵，如誘使酒徒作惡的張麗麗象徵「慾望」；被迫淪落風塵的楊露象徵「情」；鼓勵酒徒振作而辦嚴肅文學刊物的麥荷門象徵「理想」；把性行為當作遊戲的司馬莉象徵「少女的大膽」以及「色情文學的荼毒」；此外，因喪子之痛而導致神經失常，並把酒徒誤認為親子的房東雷老太太則反映著中國人「重倫之情」的一面。酒徒以酒為橋，在這些人物之間遊走、貫穿，建構成一個時空錯綜複雜的故事，如催眠般遊走現實與超現實之間。

對酒徒狀況甚為了解的朋友麥荷門曾好言相勸，鼓勵他需將時間放在嚴肅的文學作品裡。可是他自感生不逢時，認為越具文學價值的作品就越無人想了解、越有水平的文學雜誌，銷情定必慘淡。酒徒徘徊於理想與現實之中，而他一次又一次被迫向現實低頭，只好寫黃色小說以賺取微薄稿費。此外，他辛苦所撰寫的劇本更被朋友莫雨盜取，一無所有。他為了尋找精神慰藉，喝酒自傷，一度沉迷女性。這些女性其實也和他一樣，為了生活，有著極度的迫不得已。這些女性有因貧窮而出賣身體，例如：楊露為了養家，下海伴舞，有著萬般不願，卻被家人不屑，認為誰有錢便可帶她到酒店；這些女性亦有不知廉恥，甘願自甘墜落的。表面乖巧的司馬莉只是十七歲，卻已像厭世的老妓抽煙、喝酒，並在十五歲時墜胎，而父母卻是沉迷賭海，蒙在鼓裡。在這人情涼薄的世代，有些女性更為了錢而出賣自己稚齡的女兒，埋沒人性。他曾遇見的一個中年舞女，為了一點錢，把她女兒與一個半醉的男人關在同一間房裡。

最後，正正因為嚴肅文學一文不值，社會價值扭曲，酒徒不妥協也需向現實低頭。他放棄了追求理想，既然改變不了社會，他也只好改變自己，走上一條輪迴的不歸路……

目錄

本書所用的《酒徒》版本為：

劉以鬯：《酒徒》，（臺北市：行人文化實驗室），(2015 年 10 月初版）。

註：作者參閱不同版本的《酒徒》，包括：電子版、舊版、香港版，發現此版《酒徒》的新版前記在劉以鬯先生紀錄片《1918》接近尾聲時寫成的。此版不論在封面上、精裝印刷上、譯文註解上都較其他詳細及有所補充。此外，此版本亦加入了新版前記，有其珍藏價值。

意識流

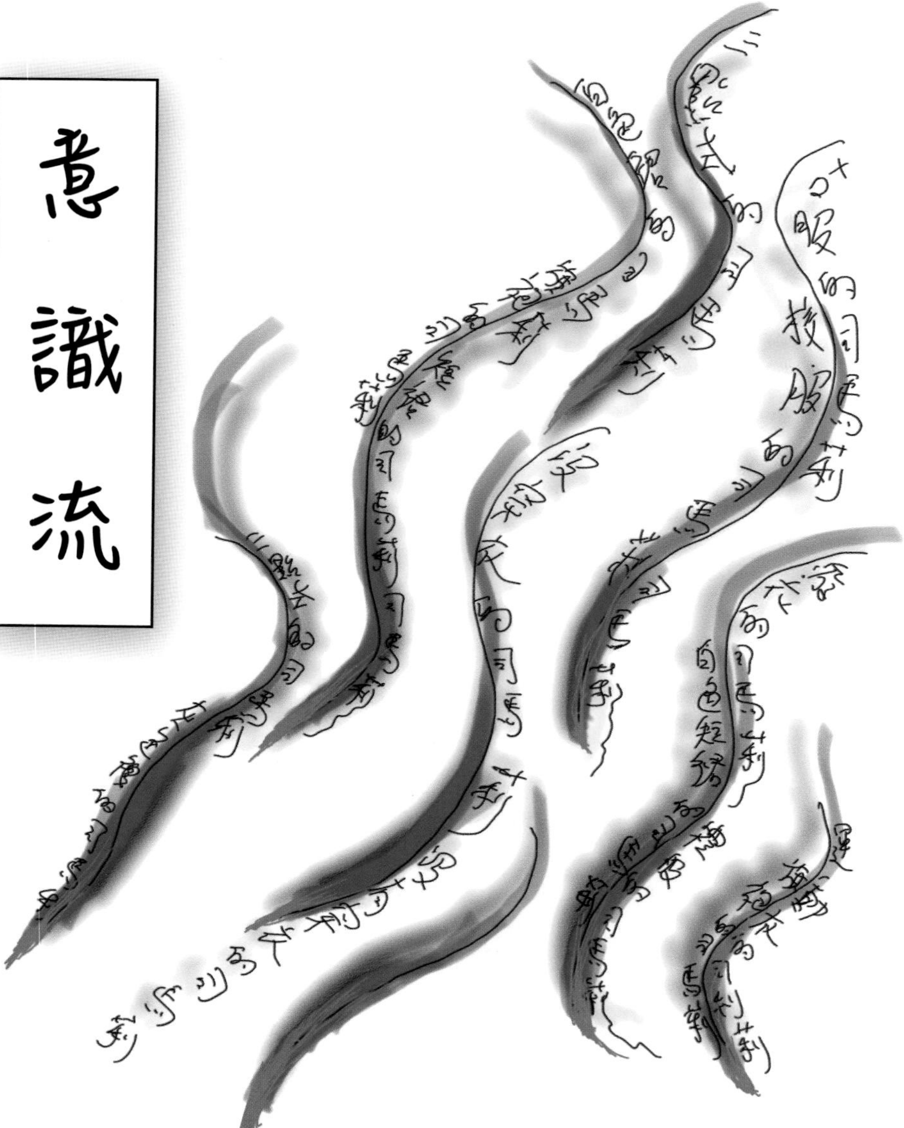

意識流，這個名字早在百多年前已經出現，其原用於心理學層面，描寫**人的意識思考狀態**，其後更深入影響文學、電影、詩歌、畫作等風格，成為一個**重要的流派**。

意識流文學**和催眠一樣**，以人的意識作主流。

意識如流水般自由地流動，**流動的意識**能穿越時間，擺脫空間。其有時停留在現實、有時停留在超現實、有時停留在幻想、有時更會停留在超幻想之中。流水行雲的意識**可以是潛意識**，**可以是意識**，可以有意識又有潛意識，也有可能是超意識。互相糾纏交織的不同意識，如在流水中浮沉漂行，其反映在文句之中，**一字一句中成為了「意識流文學」**。

催眠VS意識流

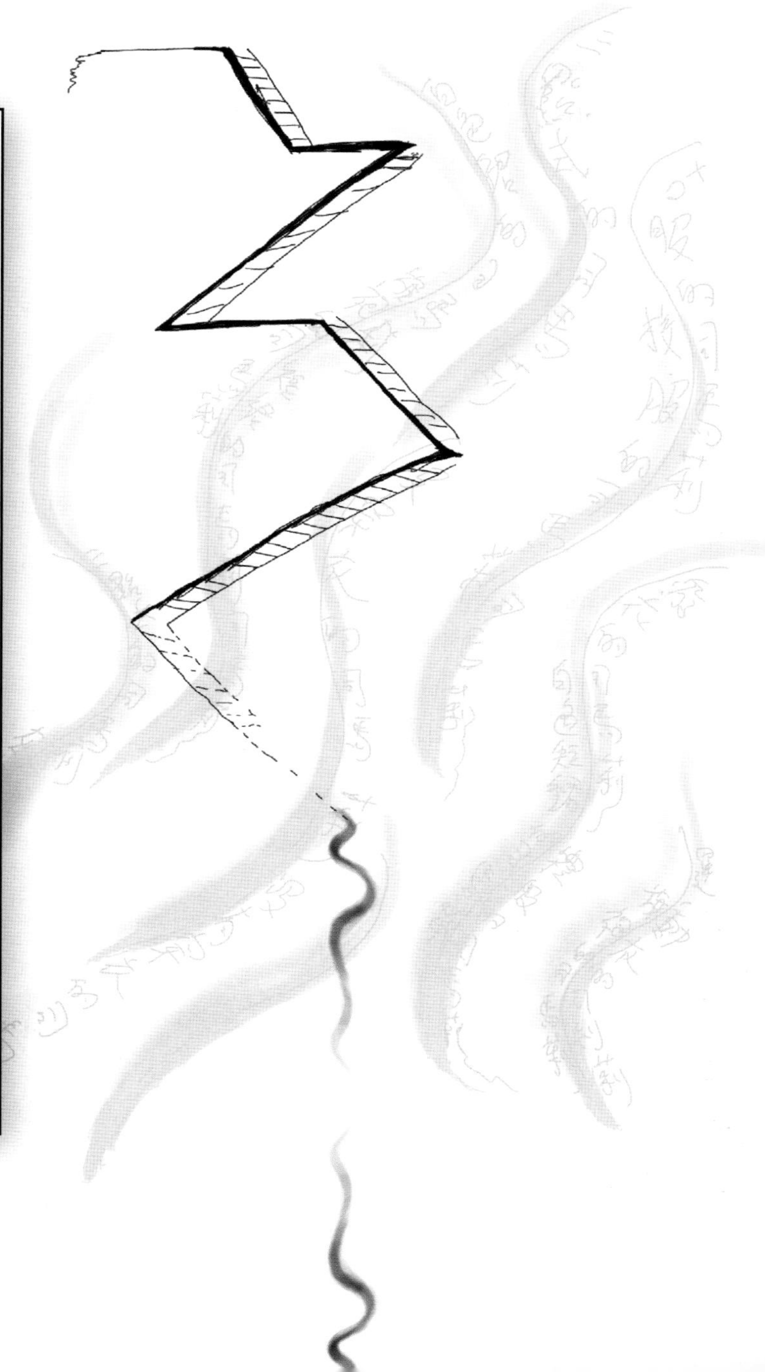

意識流文學技巧包括：**內心獨白**、**蒙太奇技巧**、**自由聯想**、**音樂化**、**詩化**、**內心分析**、**去作者化**等手法，使讀者也能隨著文章中的主角，一起如流水般流動，漫遊於意識及潛意之河中。

催眠技巧同樣地也是在意識及潛意識中尋找自我，運用內心獨白及內心分析的方法與本我對話。在導入催眠時，催眠師所使用詩情畫意之描述，帶領被催眠者穿越時空，找到人生新體驗。這種種的催眠技巧與意識流十分相似，還有意識流文學技巧和**催眠六級深度**更有**異曲同工之妙**！

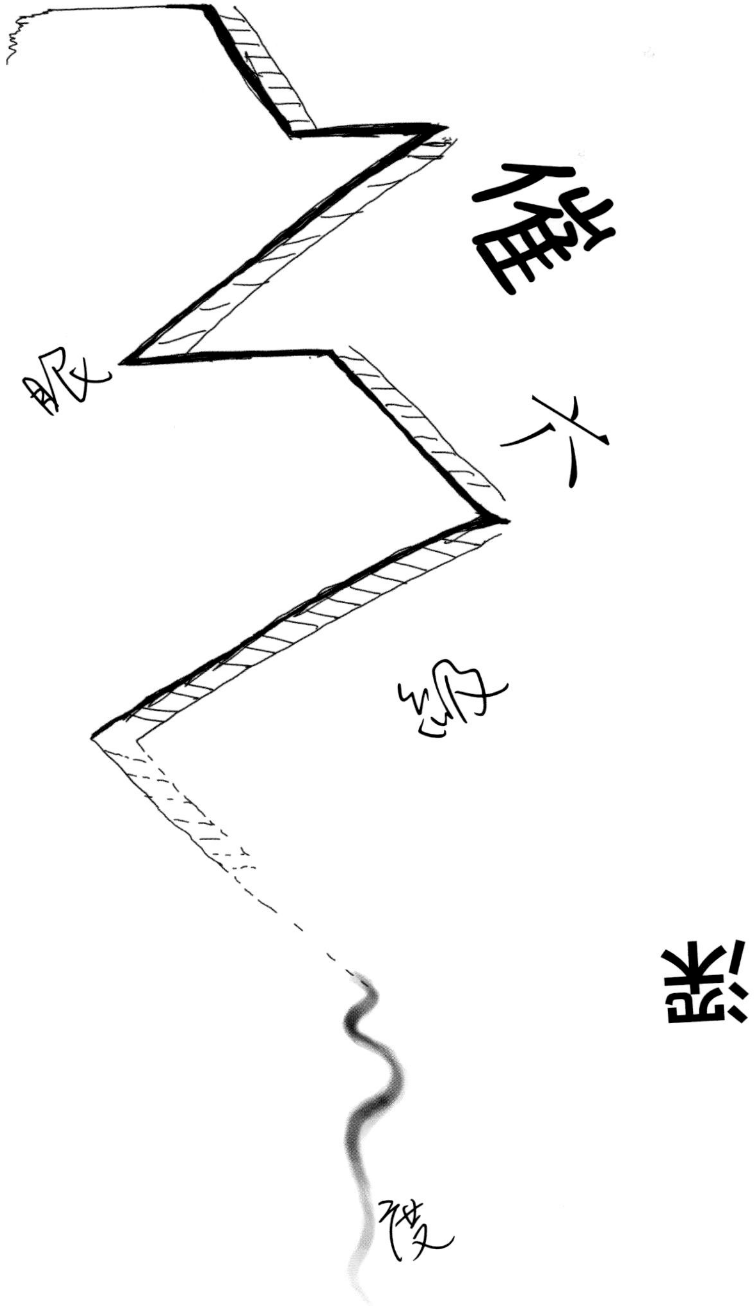
催
深

第一層深度：被催眠者有點不知不覺，以為自己完全清醒，其實可以被催眠。肌肉開始受到掌握，例如眼簾膠黏反應也可以在此時下出現。

第二層深度：比平常放鬆，肌肉開端能夠被把持，例如手臂僵直反應（Arm Catalepsy）。意識內的：「碎念」及絲絲的動念，會開始安靜。在這深度下，可以完成「人橋」催眠。催眠師會暗示被催眠者的整肌肉僵硬，像鋼板一樣硬，可以支撐自身兩倍的重量。

第三層深度：被催眠者坐在椅子上時會感到肌肉受到局部限制，他們可能站不起來或無法走路。在過程中，他們會忘記數字、英文字母或痛感局部地消失。

第四級深度：記憶喪失（Amnesic）開始，被催眠者發生更多催眠現象，其接收指令把數字、姓名、地址等等忘掉。這常作舞台催眠表演，還有痛覺喪失（Analgesia），但觸覺還在，可進行部分的牙科治療或外科小手術。被催眠者會感覺到似乎有空氣吹近傷口，但不覺得痛。

第五層深度（Anesthesia）：被催眠者會出現麻醉的現象，不會痛，也不會感到被碰觸，痛覺與觸覺都消散。正性幻覺出現，看不見實際不存在的人、事、物。

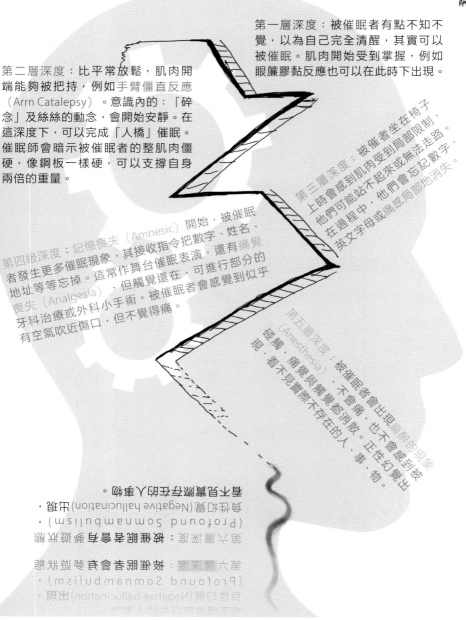

第六層深度：被催眠者會有夢遊狀態（Profound Somnambulism），負性幻覺(Negative hallucination)出現，看不見實際存在的人事物。

第六層深度：被催眠者會有夢遊狀態（Profound Somnambulism），負性幻覺(Negative hallucination)出現，

酒徒VS意識流

酒迷宮

一圖全看《酒徒》

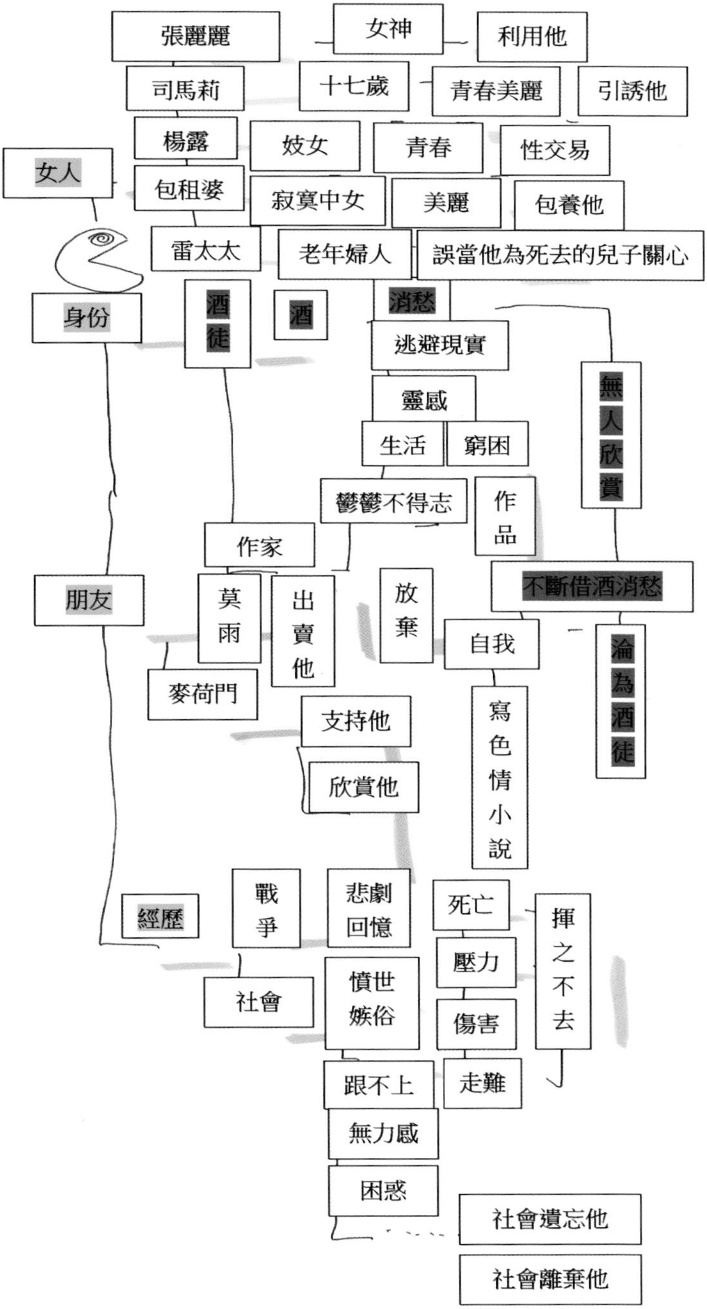
張麗麗
女神
利用他
司馬莉
十七歲
青春美麗
引誘他
楊露
妓女
青春
性交易
女人
包租婆
寂寞中女
美麗
包養他
雷太太
老年婦人
誤當他為死去的兒子關心
身份
酒徒
酒
消愁
逃避現實
無人欣賞
靈感
生活
窮困
鬱鬱不得志
作品
作家
朋友
莫雨
出賣他
放棄
不斷借酒消愁
自我
淪為酒徒
麥荷門
支持他
寫色情小說
欣賞他
經歷
戰爭
悲劇回憶
死亡
揮之不去
壓力
社會
憤世嫉俗
傷害
跟不上
走難
無力感
困惑
社會遺忘他
社會離棄他

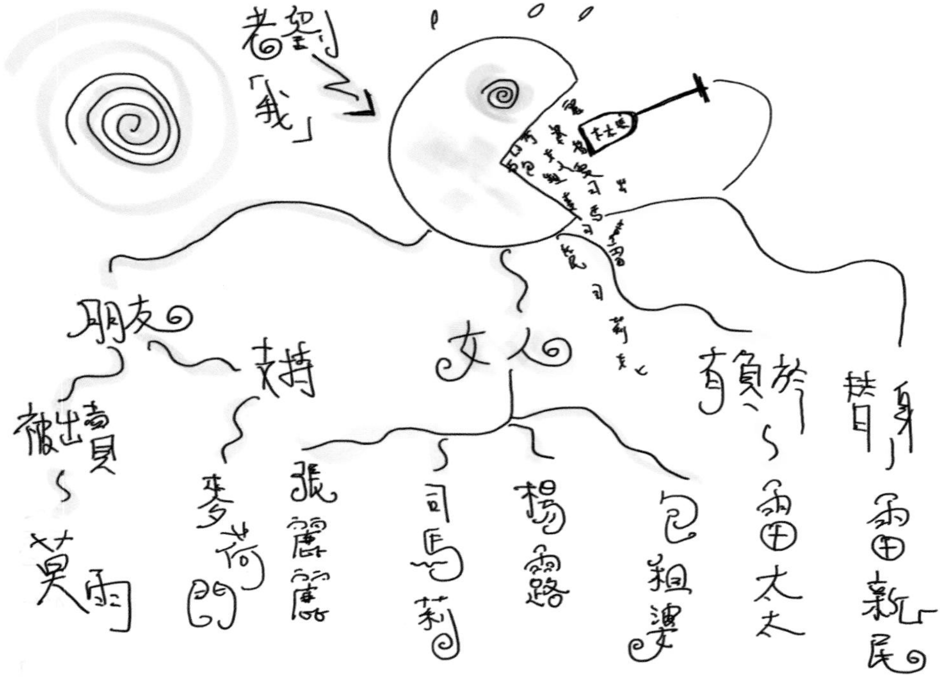
看到
「我」
朋友
支持
女人
有負於
背叛
被出賣
莫雨
麥荷門
張麗麗
司馬莉
楊露
包租婆
雷太太
雷新民

《酒徒》是中國第一本意識流文學作品，導演王家衛多部電影作品也被視為意識流電影，其《2046》更被視為全意識流的代表，片中更有很多《酒徒》的影子。

《酒徒》由書中的主角老劉作主導。在去作者化下，全由書中主角作主導，內含很多浪漫詩化的文句，例如：文章的第一句「生銹的感情又逢落雨天，思想在煙圈裡捉迷藏」。主角老劉在文中有很多內心獨白，對自己的內心分析，文中有很多由意飲、淺嚐、薄醉、中迷、厚醉、深迷、幻象、迷醉至「斷片」之後又回到醉醒前、剛醉醒、醉後中期及後期等狀態的細膩描述如流水般以意識流手法表現出來。

書中大玩「VAKGOT」聲音、顏色、氣味、味道、感覺、想法等，原素之多，意像之妙，竟然只是用文字，也可將讀者灌醉！「一字一句，把你灌醉！」

其餘當然有大量的意識流手法，例如：內心獨白、蒙太奇技巧、自由聯想、音樂化、內心分析、去作者化、詩化等手法，之後的章節會為大家一一拆解！

《酒徒》是**意識流派文學**，

寫**自成邏輯卻又看似不合邏輯的事情**。

催眠是超越自我對真實世界批判的心理工具，

連結着**天馬行空卻又反映內心的現實**。

許多人以為：「探索內在真實是一種**標新立異**的主張，其實這是歷史的必然發展。」（劉以鬯，2015年，頁11。）

很多人視催眠為一種巫術，標奇立異。

其實，喝酒的人不一定為了醉，也可以是為了尋找心靈上的某種慰藉；如是者，催眠不一定是巫術，也可以是尋找內在潛意識的過程。又有很多人說：「催眠就是引導人睡眠。」其實催眠可以有很多意思……

佛洛依德(Sigismund Schlomo Freud，06/05/1856–23/09/1939)對心智組織與人格結構提出了假設，就是：腦一般分為意識、前意識與潛意識。

前意識是意識與潛意識的橋樑，就像橋一樣貫穿兩者，是進入人內心的過程。

前意識的腦電波Alpha(α)在8－12Hz。慢速腦電波就是人臨睡前，意識慢慢走向意識模糊的狀態，這個時候就貼近我們所說的催眠狀態(Hypnotic state)。

簡單來說，催眠狀態就是恍惚狀態，即類似半睡半醒的狀態。

那是一種迷迷糊糊，想睡又未入睡的狀態。那時侯，你的腦電波會進入身心放鬆而集中的狀態，很容易吸收別人說話的暗示，更容易想像一切。

為甚麼要催眠呢？

因為：

「不喝酒，現實會像一百個醜陋的老嫗終日喋喋不休。現實是世界上最醜惡的東西。」（頁25。）

所以很多人都想尋找內心的充實。

如果你想了解你自己的內心，你

「**必須向自己宣戰，以期克服內心的恐懼。**」

（頁21。）

人透過**催眠**的特定方式，可以激發起內在的**潛意識。**

人透過**喝酒**的自我催眠，可以找回到內心的**真性情。**

《酒徒》中的蒙太奇

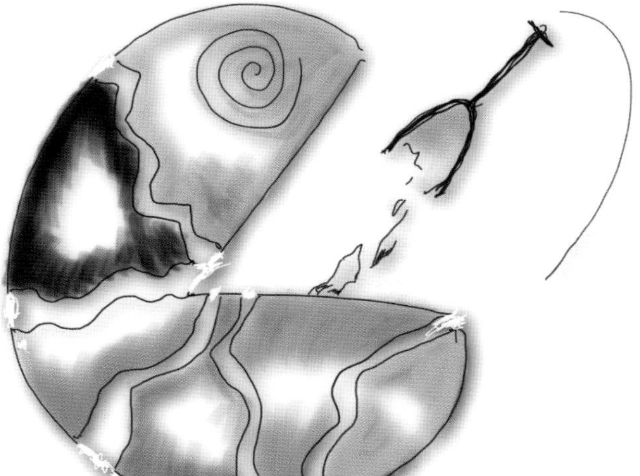

「蒙太奇」這個名字，由建築學而來，是構成或組合的意思，之後其深入影響攝影、畫作及各種藝術領域之中。

現在更廣泛地應用在電影剪接技巧上，其後更融入文學作品之中——「意識流」文學。

《酒徒》是意識流文學，其巧妙地應用蒙太奇手法，把醉酒世界活演出來！

甚麼是蒙太奇手法？蒙太奇手法是不受時間及空間限制的表達手法。作者可在一個時空中表現出不同時空的人、事、物，其可以是交替時空、平行時空，回到或同時出現過去、現在、未來，又可以是超時空、幻想和現實同在一個時空出現。蒙太奇給予作者無限的創作空間，使讀者可以漫遊於無盡的時空之中。

《酒徒》運用意識流手法，巧妙地把讀者催眠於醉酒世界之中，用文字把讀者灌醉！

空間蒙太奇

「生銹的感情又逢落雨天，思想在煙圈裡捉迷藏。推開窗，雨滴在窗外的樹枝上眨眼。雨，似舞蹈者的腳步，從葉瓣上滑落。扭開收音機，忽然傳來上帝的聲音」。

（頁15。）

感情。雨水。煙圈。雨景。收音機。上帝的聲音。同一時間

呈現在眼前，成為了「**空間蒙太奇**」！

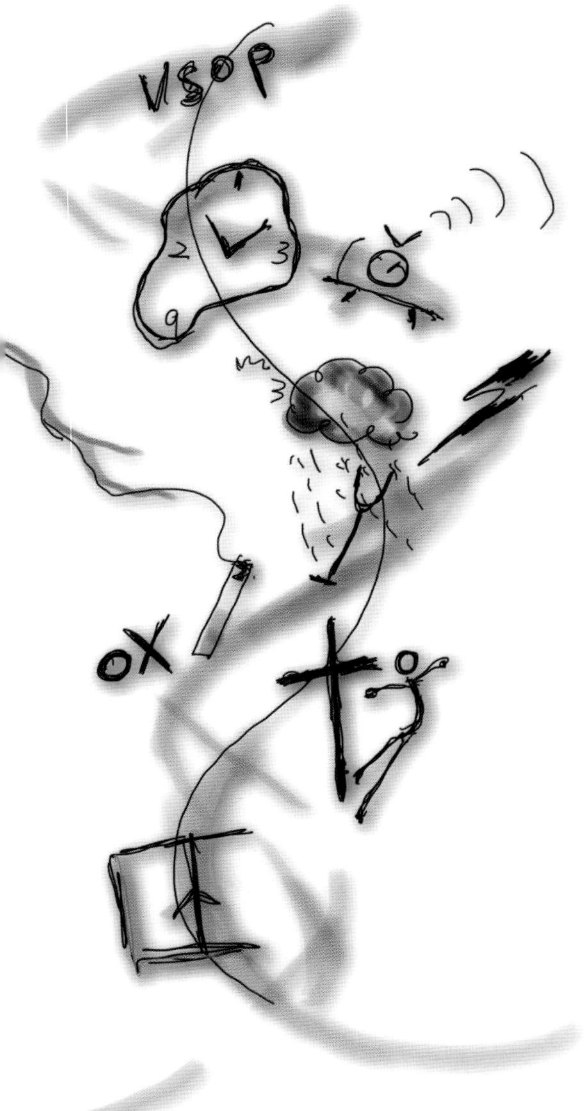

鏡頭由表達感情到雨水至煙圈交替之後，再推開窗至外邊的雨景，又再出現上帝的聲音到收音機。在同一個時間裡，表達出不同空間、不同角度、不同思緒。作者一次過用畫面表現出來。這就是「**空間蒙太奇手法**」！

時間蒙太奇

輪子不斷地轉。母親的「不」字阻止不了好奇的成長。

十除二等於五。（頁29。）

輪子不斷地轉。打倒列強，打倒列強。除軍閥，除軍閥。國民革命成功，國民革命成功，齊歡唱！齊歡唱！（頁29–30。）

輪子不斷地轉。有朋自遠方來，不亦樂乎？那個賣火柴的女兒偷去不少淚水。（頁30。）

現在的輪子和過去戰爭中悲傷的經歷，在意識不斷流動

交替出現下，交織在一起，

成為了「時間蒙太奇」！

超級串燒蒙太奇

「電車沒有二等——二十二點一刻——滿街白領階級——汽車裡的大胖子想到淺水灣去吃一客煎牛排——喂！老劉，很久不見了，你好？——安樂園的燒雞在戲弄窮人的慾望——十二點半——西書攤上的裸女日曆最暢銷——香港文化與男性之禁地——任劍輝是全港媽姐的大眾情人——古巴局勢好轉——娛樂戲院正在改建中——姚卓然昨晚踢得非常出色——新聞標題：一少婦夢中遭「胸襲」——利源東街的聲浪——蛻變——思想枯竭症——兩個阿飛專割死牛——櫥窗的誘惑——永安公司大減價——貧血的街道——有一座危樓即將塌倒了……」（頁 89。）

兩個不同時間（**二十二點一刻**和**十二點半**），交演出街上行人、汽車裡內的胖子、朋友打招呼、人的慾望、裸女日曆、香港文化看法、任劍輝、世界局勢、新聞、藝術……

「**超級串燒蒙太奇**」！

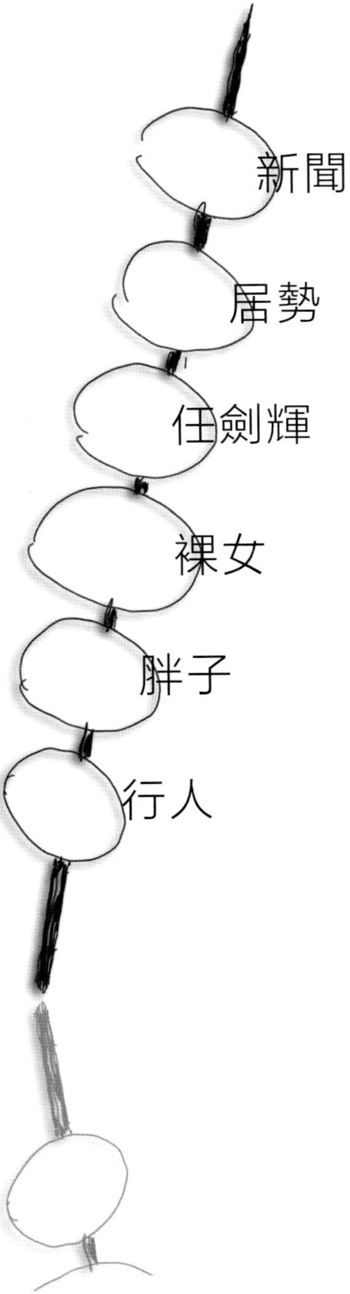

還有更多更精彩更巧妙的奇妙蒙太奇
等你在《酒徒》中尋找！

自由聯想 = 進入催眠

催眠中的你可以自由地思想、幻想、構想、超思想、超幻想、超構想！

由你話事。

催眠師是意識和潛意識的魔法師！

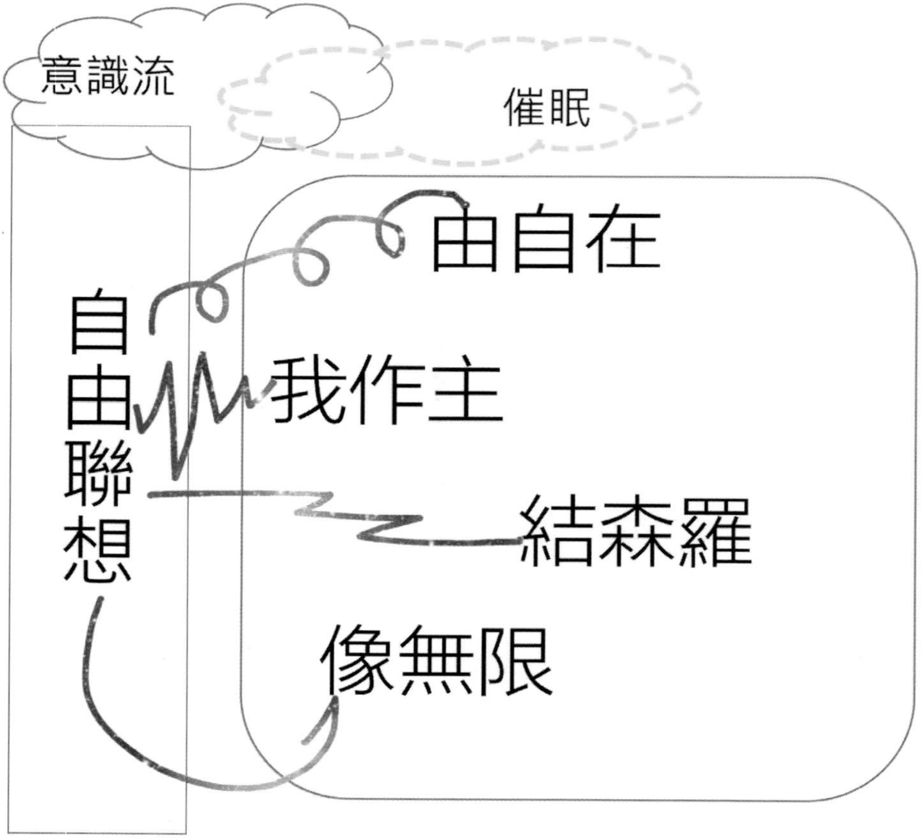
意識流
催眠
由自在
自由聯想
我作主
結森羅
像無限

《酒徒》是意識流派文學，意識如水般自由流動，
連接世間一切的情、事、物……

當你和催眠師共同努力下，
你們走出了意識的框框，這才是「世界」！
自由自在飛花輕似夢地尋找自己，
由原本的我作主，聯結著昨天的你、今天的你、明天的
你、沒有痕跡的你……
意識能超出時空的限制，如流水般的「識」自由流動到
不可思議的境地。**你！正在「自由聯想」！**

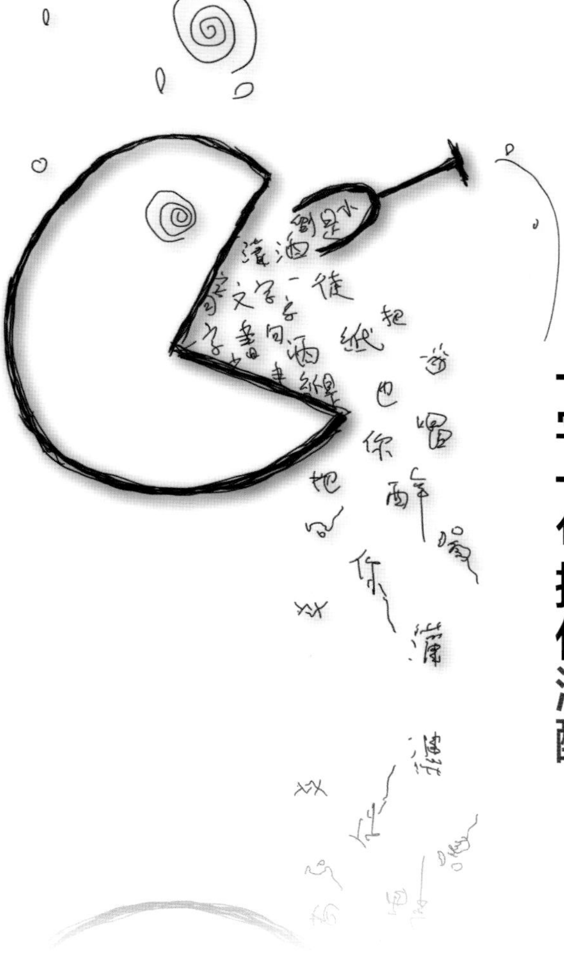

文字是醇酒，紙張是酒杯，
一字一句把你灌醉！

酒醉後的自由，酒醉後自由聯想：

酒徒生命中的四大自由聯想。

男人的世界不是金錢，就是女人！不是女人，就是事業！

但身為作家的他，還有浪漫！

男人的世界不是女人就是金錢不是女人就是事業不是事業就是浪漫不是浪漫就又是女人不是女人就是金錢不是女人就是事業不是事業就是浪漫不是浪漫就又是女人不是女人就是金錢不是女人就是事業不是事業就是浪漫不是浪漫就又是女人不是女人就是金錢不是女人就是事業不是事業就是浪漫不是浪漫就又是女人不是女人就是金錢不是女人就是事業不是事業就是浪漫不是浪漫就又是女人不是女人就是金錢不是女人就是事業不是事業就是浪漫……是女人

老劉在《酒徒》中有四個足以令他摧毀一生的女人。

色與欲中的自由聯想：

第一個女人、第二個女人、第三個女人、第四個女人……

每一次，只要他曾貪一刻歡快，便足以毀了他的一生……

第一個女人欲拒還迎、

第二個女人欲罷不能、

第三個女人**欲仙欲死**、

第四個女人**欲言又止**……

第一個出場使老劉欲拒還迎的女人！

十七歲的司馬莉

老劉對充滿挑挑逗性的司馬莉進行自由聯想，

她可以是：

顏色、衣服、聲音、人物、事物……

進入了「廿二世紀殺人網絡」電影中的情節！

全部都是司馬莉！

「穿著校服的司馬莉；
穿著紅色旗袍的司馬莉；
穿著紫色過腰短衫與白色過膝短裙的司馬莉；
穿著三點游泳衣的司馬莉；
穿著運動衫的司馬莉；
穿著晚禮服的司馬莉；
穿著灰色短褸與灰色百褶裙的司馬莉；
穿著古裝的司馬莉；
以及不穿衣服的司馬莉」

（頁 87–88。）

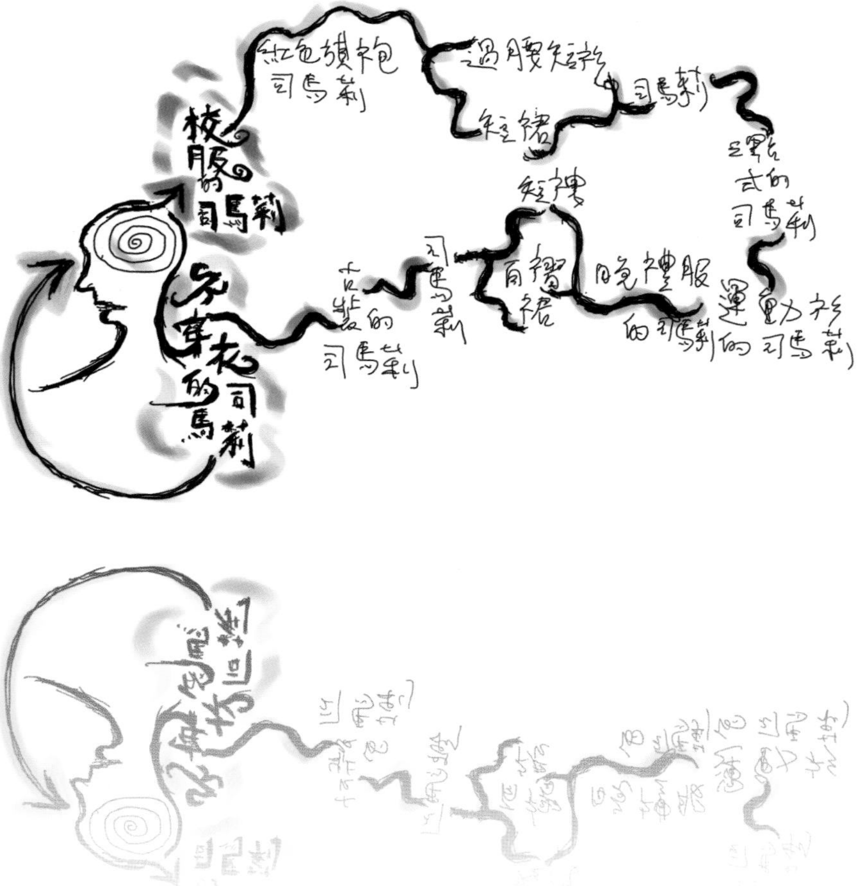
校服的司馬莉
穿衣的司馬莉
紅色旗袍司馬莉
過腰短衫
司馬莉
短裙
三點式的司馬莉
短褲
司馬莉
百褶裙
晚禮服的司馬莉
運動衫的司馬莉
古裝的司馬莉

司馬莉變成了顏色：「紅色旗袍……紫色過腰短衫……
白色過膝短裙……灰色短褸……灰色百褶裙的司馬莉
司馬莉變成了顏色流動：紅色、紫色、白色、灰色……
意識變成了顏色，在潛意識中自由流動不息……
司馬莉變成了穿不同的服飾流動：校服；旗袍；短
衫；過膝短裙；三點游泳衣；運動衫；晚禮服；短
褸；百褶裙；穿著古裝；無穿衣服……」

不穿衣服的司馬莉

穿著晚禮服的司馬莉；

穿著運動衫的司馬莉；

穿著古裝的司馬莉；

穿著校服的司馬莉；

穿著三點游泳衣的司馬莉；

穿著紅色旗袍的司馬莉；

穿著紫色過腰襯衫與白色過膝短裙的司馬莉；

穿著灰色短褸與灰色百褶裙的司馬莉；

司馬莉司馬莉司馬莉司馬莉司馬莉司馬莉司馬莉司馬莉
司馬莉司馬莉司馬莉司馬莉司馬莉司馬莉司馬莉司馬莉
司馬莉司馬莉司馬莉司馬莉司馬莉司馬莉司馬莉司馬莉
司馬莉司馬莉司馬莉司馬莉司馬莉司馬莉司馬莉司馬莉
司馬莉司馬莉司馬莉司馬莉司馬莉司馬莉司馬莉司馬莉
司馬莉司馬莉司馬莉司馬莉司馬莉司馬莉司馬莉司馬莉
司馬莉司馬莉司馬莉司馬莉司馬莉司馬莉司馬莉司馬莉
司馬莉司馬莉司馬莉司馬莉司馬莉司馬莉司馬莉司馬莉
司馬莉司馬莉司馬莉司馬莉司馬莉司馬莉司馬莉司馬莉

「幾十個司馬莉；穿著十幾種不同的服裝，
猶如走馬燈上的紙人，
轉過去，轉過來，出現在我的腦海中，永無停止。」

「司馬莉是一個十七歲的女孩子；
也是一個歷盡滄桑的厭世老妓。」

（頁 88。）

由穿校服的司馬莉，聯想到沒穿衣的司馬莉！

走到街上，全部都是司馬莉，

有如廿二世紀殺人網絡電影中的情節！

全部都是司馬莉！

意識由現實流到幻想，再流至超現實。

這是《酒徒》意識流出色的手法，

也是催眠的常用技巧。

其餘的三個女人……？

張麗麗？楊露？包租婆？

還有老劉

對喝酒

對金錢

對事業

對浪漫

的自由聯想

由大家在《酒徒》中繼續地沉醉繼續地尋找！

更多、更有趣的自由聯想……

催眠妙在有很多技巧，
常見有：隱喻、時間線、
重覆、深化……

催眠中又有四步曲：
導入 (Induction)、暗示 (Hypnotic Suggestion)、深化 (Deepening)、導出 (De-hypnotization)。我會一步一步用《酒徒》來探索催眠。

也許，你也會醉……

隱 喻（Metaphor）

隱喻是人類的潛能之一，是一種魔術。人類都愛說著一個又一個的故事。說故事是人類與生俱來的，可以把自己、別人引導去另一個地方。酒徒通過隱喻不知不覺間去到一個又一個荒唐的世界。

「現實仍是殘酷的東西，我願意走入幻想的天地。如果酒可以教我忘掉憂鬱，又何妨多喝幾杯。理智是個跛行者，迷失於深山的濃霧中，莫知所從。有人借不到春天，竟投入感情的湖沼。」

「魔鬼竊去了燈籠，當心房忘記上鎖時。何處有噤默的冷凝，智者遂夢見明日的笑容。」

「偷燈者在蘋果果樹上狂笑，心情之愉快，一若在黑暗中對少女說了一句猥褻的話語。」（頁42。）

智者　跛行者　迷失　湖沼　魔鬼　燈籠　心房　偷燈者　蘋果樹　狂笑　少女　猥褻的話　在這一束裡帶了「我」去另一世界。

現實實在令人迷失，「我」只好跟住「我」的故事，一直發展下去，去到了一個又一個旁人不會明白，也不能到達的地方，自得其樂。

重覆、深化

「我」用盡了一切辦法去說服自己現實的重要性。但現實就是最殘酷的事，所以「我」也只好不斷重覆、重覆、重覆告訴自己現實是合理的！世界是這樣的！而我必須努力！

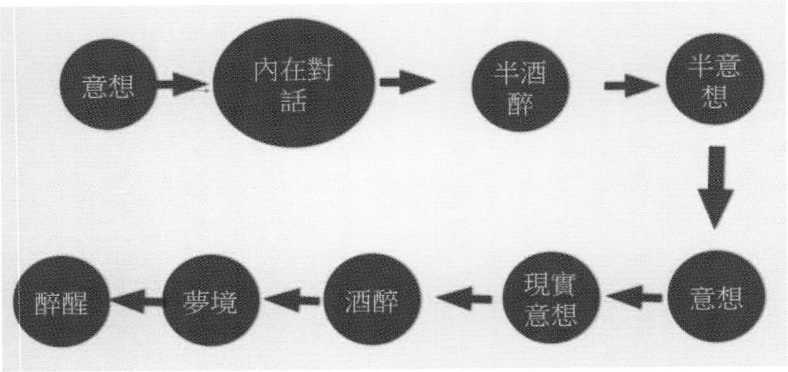

「輪子不斷地轉。香港在招手。北角有霞飛路的情調。天星碼頭換新裝。高樓大廈皆有捕星之欲。受傷的感情仍須燈籠指示。方向有四個。寫文章的人都在製造商品。拔蘭地。將憎惡浸入拔蘭地。所有的記憶都是潮濕的。」（頁 35。）

輪子不斷地轉。「我」看著重覆轉動的輪子催眠自己，不斷深化自己要適應這個世界。

❖ 輪子出現了二十六次，也提醒了我二十六次的痛。這個世界本來沒有時間的。而時間只是人賦予的概念，重覆帶我回到過去。

輪子不斷地轉……

催眠導入 (Induction)

酒徒常在導入開始，由不醉到醉了。

導入就是引導被催者進入催眠的導詞，是催眠必須有的開始。

催眠導入對進入催眠狀態有着極為重要的作用。

一個酒徒，喝醉是必然發生的事。但酒徒若要醉，十杯酒或者只是熱身。催眠在導入時，也需要很多的熱身時間，就像**「音符又以步兵的姿態進入耳朵。」**（頁 15。）

一步又一步導入，一杯又一杯酒喝下去。

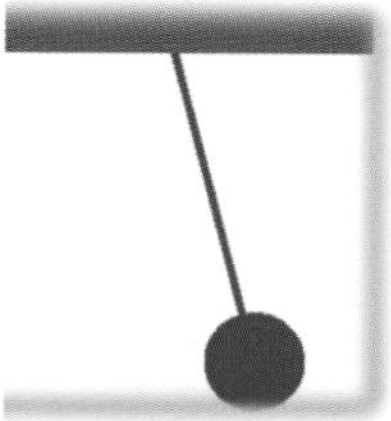

暗示 (Hypnotic Suggestion)

暗示就是給予內心提示，提醒自己必須時刻準備，向著訂下的目標進發。當你接受了催眠師的語言，適應了環境及導詞，暗示便會對自己、他人心理、生理和行為產生影響，這也是酒徒常用的語言。

「我」是否準備好了？雙方是否願意配合？

「**為了追尋靈感，我必須飲酒。**」、「**為了使激動的情緒恢復寧靜，我必須飲酒。**」、「**為了一些不可言狀的理由，我必須飲酒。**」（頁 106。）

如果「我」根本不想醉，不想被催眠，「我」根本無法代入。因為「我」想醉，「我」想被催眠，「我」才可一次又一次暗示自己必須要喝酒，時刻準備進入另一個世界。

暗示就是配合環境，一步一步令人醉。

深化 (Deepening)

引導被催者進入更深的催眠狀態就是深化。這個階段需要隨機應變，不可單一。催眠稿有多少變化，被催者就能進入多深。導詞不可以一式一樣，一樣的話會單調。

伏特加、威士忌酒是酒徒人生不可劃分的部份，但酒徒不會永遠喝同一瓶酒，而是隨不同心情喝不同的酒。

「有了酒櫃總不能沒有酒」、「半瓶『黑白』威士忌、幾杯 VAT69 威士忌」（頁 102。）、「酒櫃裡放滿酒瓶」（頁 125。）

一杯、兩杯、三杯、四杯、五杯……

女人是伏特加、寂寞是 VAT69 威士忌、寫作是上好的威士忌、疲勞是拔蘭地……「我」總有辦法令自己大醉。

（這是一個苦悶的時代，我想。每一個有良知的知識份子都會產生窒息的感覺。）（頁 163。）

導出 (De-hypnotization)

導出是重回現實的過程。

上天很公平，喝了多少酒，酒徒就必承受多少的後果。

「頭痛似針刺，這是醉後必有的現象，但是我一睜眼又欲傾飲再醉。」（頁 48。）

雖然痛，但也是理所當然。導入進入得深，導出必有後遺症。情感會發炎，而催眠是特效藥，所以很多人都會急不及待地輪迴，接受下一次的催眠，用酒麻醉自己、用催眠來刮骨療傷。

詩樂化手法

在催眠的過程中，催眠師常把意象描繪得如詩如畫如歌，令被催眠者有放鬆而美好的感覺。有時，催眠師更會配合大自然的音樂作伴，這可以使人容易進入一個疑幻似真，如詩如畫的世界之中去尋找自我。

在《酒徒》中有很多詩樂化的情境：

「生銹的感情又逢落雨天，思想在煙圈裡捉迷藏。推開窗，雨滴在窗外的樹枝上眨眼。雨，似舞蹈者的腳步，從葉瓣上滑落。」（頁15。）

「屋角的空間，放著一瓶憂鬱和一方塊空氣。兩杯白蘭地中間，開始了藕絲的纏。時間是永遠不會疲憊的，長針追求短針於無望中。幸福猶如流浪者，徘徊於方程式『等號』後邊。」（頁15。）

「包租婆走去將玻璃窗關上，張開嘴，存心展覽潔白的牙齒。貓王的聲音含有大量傳染病菌，縱然是半老的徐娘，也不願在這個時候扭熄收音機。」（頁115。）

鏡子法

尋找內在自己的鏡子法

在催眠的過程中，常用到「尋找自我」的手法。在催眠中，催眠師會帶領被催眠者到一面鏡子面前，看到自己的樣子，對不同階段或不同樣子的自己說話，作內心獨白及加以內心分析。在鏡子中，我們可以鼓勵自己、稱讚自己、回顧自己、安慰自己等來尋找到潛意中的「我」。

在《酒徒》中有很多內心獨白的情境：

「站在鏡子前，我看到一隻野獸。」（頁44。）

「不知道什麼時候與麥荷門分手，也不知道什麼時候站在自己的長鏡前。**兩隻眼睛與鏡子裡的驚奇相撞，我見到了另外一個我。**」（頁80。）

「詩是一面鏡子。一面蘊藏在內心的鏡子。它所反映的外在世界並不等於外在世界。這種情形猶之每一首詩旨含有音樂的成分；卻並不等於音樂。內心世界是一個極其混亂的世界，因此，詩人在答覆外在壓力時，用文字表現出來，也往往是混亂的，難懂的，甚至不易理喻的」（頁137。）

門窗法

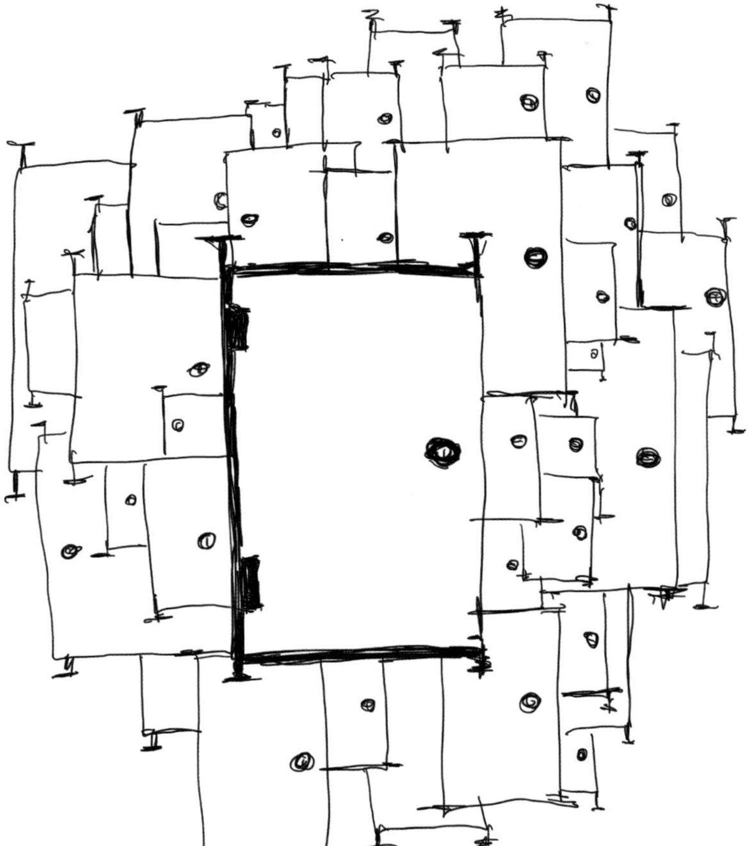

門窗法

在催眠的過程中，催眠師所營造的意境常包括「門」或「窗」。尤其是「門」，進入了「門」是另一境地，是另一個世界，其代表我們可有新的體驗，有新的經歷及新的自己，所以「門」是催眠中的重要手法。

在《酒徒》中有很「門」或「窗」的情境：

「推開**窗**，雨滴在**窗外**的樹枝上眨眼」（頁15。）

「我見到**一扇門**。**門**。萬欲之入口。瘋狂的原料。人類生命線的持續。電燈扭熄時，黑暗成為一切的主宰。」（頁196。）

「潘金蓮最喜歡**斜雨叩窗**。一條線。十條線。一百條線。一千條線。一萬條線。」（頁55。）

「喬也斯手裡有一把啟開現代**小說之門**的鑰匙。」（頁59。）

「牆角有隻蒼蠅，猶如吹笛人，引導我的思想**飛出窗口**」（頁59。）

抽離法

在催眠的過程中，催眠師會把被催眠者抽離於自己本身，可能成為一隻小鳥、可能成為一隻野獸，也可能成為另一個人，來客觀地了解自己或更切合地將自己顯現出來。

在《酒徒》中有很多抽離的情境：

「我**變成他的奴隸**從此得不到自由」（頁 75。）

「抵受不了蛇的引誘？吃了那隻毒蘋果？我**變成會呼吸的石頭**。」（頁 83。）

「**思想變成泥團**，用肥皂擦，也擦不乾淨。狂熱跳下酒杯，醉了。」（頁 114。）

「我必須拋棄過奢的慾望；讓過奢的慾望，**變成樹上的花瓣**，風一吹，樹枝搖曳，飄落在水面，慢慢向前流，向前流，向前流，向前流——流到一個不可知的地方」（頁 115–116。）

「我**變成一條寄生蟲**。」（頁 201。）

「我隨時有被淹死的可能。我大聲呼喚；但是一點用處也沒有。我**變成人生舞台上的小丑**。」（頁 287。）

訊息超載法 (information overload)

訊息超載法 (information overload)

在催眠的過程中，催眠師常用「訊息超載法」，催眠師會在一刻中給予被催眠者十分多的訊息。人在過多訊息下，不能一時間處理時，潛意識會全收其內，這可以使催眠師容易進入其內心世界。

在《酒徒》中有很訊息超戴手法：

「兩個圓圈。一個是淺紫的三十六；一個是墨綠的二十二。兩條之字形的感覺，寒暄於酒杯中。秋日狂笑。三十六變成四十四。有時候，在上的在下。有時候，在下的在上。俯視與仰視，皆無分別。於是一個圓圈加上另一個圓圈，當然不可能是兩個圓圈。三十六與三十六絕不相同。在上的那個有兩個圓圈，在下的只有一個。」（頁 21。）

「我的淚水也含有五百六十三分之九的酒精。」（頁 24。）

「得不到七六三分之八的快樂，只有酒是美好的。」（頁 192。）

「——就我記憶所及，沈從文的《生》與《丈夫》、蘆焚的《期待》、端木蕻良的《鷺鷥湖的憂鬱》與《遙遠的風沙》⋯羅烽的《第七個坑》——**都是優秀的作品**。此外，蔣牧良與廢名也有值得提出來討論的作品」（頁 40–41。）

催眠其實是重覆深化的事。

如果你想認識催眠，卻又從未體驗過催眠，經常質疑到底有沒有效用，與其說治療沒有用，不如說你永遠不能享受催眠的樂趣。

成為酒徒也是重覆深化的事。不喝酒，難以成酒徒。與其說旁人不明白，不如說你永遠無法享受那種醉了的情感。

催眠的用語是殺人技。

它可以使一個人跟著一個人的思想走，走到更遠的地方。

「更奇怪的是，讀者竟會隨同作者的想像去到一個虛無飄渺的境界，且不覺憚煩。」（頁20。）

奧地利哲學家維特根斯坦有句話：

“The limits of my language mean the limits of my world.”

這是指我的語言界限就是我的世界界限。

我的說話有限，你的想像世界可否無限？

此刻的你，有沒有跟著我「虛無飄渺」地想像？

一個人大醉，都總是有很多原因。酒徒會把一切所說的話都合理化。

「據電影院的廣告說：『駱駝煙是真正的香煙。』司馬莉每逢週末必看電影，她一定相信廣告是對的。」（頁48。）

「思想又在煙圈裡捉迷藏。煙圈隨風而逝。屋角的空間，放著一瓶憂鬱和一方塊空氣。兩杯拔蘭地中間，開始了藕絲的纏。」（頁15。）

我「想忘掉記憶中的喜悅。」（頁16。）

快不快樂都是喝酒的原因。每一個原因，都是原因。「我」必須盡興，所以「我」注定離不開煙和酒。

既然酒不能不喝，酒意正濃，不妨再多一點想像……

「我的感覺已遲鈍，偏又常用酒液來麻醉理性。醉了的理性無法領悟真實的世界，只好用遲鈍的感官去摸索一個虛無飄渺的境界。」（頁80。）

「現實仍是殘酷的東西，我願意走入幻想的天地。如果酒可以教我忘掉憂鬱，又何妨多喝幾杯。理智是個跛行者，迷失於深山的濃霧中，莫知所從。有人借不到春天，竟投入感情的湖沼。」（頁42。）

只有酒，「我」才能回到一個屬於「我」的桃花源。

「我」一早便選擇留在我的歲月裡，從沒打算離開過。

「我」願加一點顏色、加一點調味、在現實加一點夢幻……

「用顏色筆在思想上畫兩個翼」、「太陽是藍色的」、「眼前出現齊舞的無數金星。理性進入萬花筒，立刻見到一塊模糊的顏色」（頁43。）、「金色的星星。藍色的星星。紫色的星星。黃色的星星。成千上萬的星星。萬花筒裡的變化。」（頁55。）

醉後的世界是色彩繽放的……那是一個常人無法到達的地方。

「我」必須要想像，無時無刻、沒有限制地想像……

「我」要讓一切躍然紙上、腦上、心上、天上、地上……

「沒有一條柏油路可以通達夢境，那祇是意象的梯子。」、**「有一條黃色的魚，在她的瞳子裡游泳」**（頁115。）

「幻想中出現過兩隻玻璃瓶」、**「一隻是紫色的；一隻是藍色的」**（頁116。）

這個才是「我」活在的世界。沒有規律，卻有美麗。

「我」也必須確立現象的必然性……

這個世界由「我」創造，別無其他。

「我責怪自己太低能，無法適應這個現實環境。我曾經努力做一個嚴肅的文藝工作者，差點餓死。為了生活，我寫過不少通俗文字，卻因一再病倒而觸怒編者。編者的做法是對的；我惟有責怪自己。找不到解答，向夥計再要一杯酒。我不敢想，惟有用酒來麻醉自己。我身上只有十五塊錢，即使全部變成酒液喝下，也不會醉。我不知道，繼續生存還有什麼意義？我想到死。」

（頁268。）

一切都是理所當然，也是「我」咎由自取。「我」活在自己建構的世界下。

《紅樓夢》．第一回：「與道人竟過一大石牌坊，上書四個大字乃是『太虛幻境』，兩邊又有一副對聯，道是：『假作真時真亦假，無為有處有還無』。」

虛幻即真實，真實又虛幻。做人又何需太認真？

「人以為自己最聰明，但銀河裡的動物早已準備地球之旅。

這是時代。

你不去；他就來了。銀河系的動物有兩腦袋。」

（頁74。）

荒唐得也可以很合理。「我」就是「我」。「我」就是天馬行空……

「我」本狂人，

存活於想像與現實中。

「我不是一個金錢至上主義者，然而我是窮過的。窮的滋味不好嘗。睡在樓梯必遭他人干涉；沒有一毫子買不到一塊豆腐。」（頁53。）

「我」只會見人會說人話，見鬼會說鬼話。

可是，「我」根本無法適應這個瘋狂世界。

疑幻似真的世界、詩化了的世界、故事化的世界帶「我」走到一個又一個不同的地方。

「嫦娥在月中嘲笑原子彈。思想形態與意象活動。星星。金色的星星。藍色的星星。紫色的星星。黃色的星星。思想再一次『淡入』。魔鬼笑得十分歇斯底里。年輕人千萬不要忘記過去的教訓。蘇武並未娶猩猩為妻。王昭君也沒有吞藥而死。想像在痙攣。」（頁55。）

好像是，也好像不是往往是一種朦朧美。

聯想性的世界、天馬行空的世界可以帶「我」走得很遠。

「我欲乘坐太空船去到很遠很遠的地方翹起大拇指嘲笑天體的笨拙
我欲乘坐太空船去到很遠很遠的地方訪問補天的『女媧』如今究竟添了幾莖白髮
我欲乘坐太空船去到很遠很遠的地方訪問被『倏忽』鑿了七竅的『混沌』
我欲乘坐太空船去到很遠很遠的地方察看六腳四翅的『帝江』究竟在天庭幹些什麼
我欲乘坐太空船去到很遠很遠的地方尋找那個一次能夠養出十個鬼的『鬼母』問她吃兒子的滋味好不好
我欲乘坐太空船去到很遠很遠的地方用力推醒蛇身人頭的『燭龍神』請他吹口氣驅走人間所有的罪惡
我欲乘坐太空船去到很遠很遠的地方詢問盤古當年怎樣開天闢地
我欲乘坐太空船去到很遠很遠的地方與那位有四張臉孔和八隻眼睛的『黃帝』討論人類心靈的統治
我欲乘坐太空船去到很遠很遠的地方看太陽系外究竟還有幾個太陽
我欲乘坐太空船去到很遠很遠的地方看一下宇宙到底有無極限
我欲乘坐太空船去到很遠很遠的地方尋找那隻名叫『饕餮』的野獸看牠會不會因貪吃無饜而吃掉自己的肉翅膀
我欲乘坐太空船去到很遠很遠的地方參觀十個太陽同時在『湯谷』洗澡
我欲乘坐太空船去到很遠很遠的地方要求造物主解釋一個問題為什麼造了人出來又要他們死去
我欲乘坐太空船去到很遠很遠的地方因為第二次的洪水將振滔而來地球又將淹沒」（頁 46–47。）

「我」好想好想飛，最好給「我」太空船，遊蕩到宇宙盡頭的盡頭。

概括性用語(Generalization)。

「我」必須概括一切，才能讓「你」進入「我」的文字世界裡。

「有一齣悲劇在我心中扮演，主角是我自己。

上帝的安排永遠不會錯。

年輕的女人必虛榮。美麗的女人必虛榮。貧窮的女人必虛榮。富有的女人更虛榮。

但是上帝要每一個男人具有野心。

醜惡的男人有野心。英俊的男人有野心。貧窮的男人有野心。富有的男人更有野心。

我已失去野心。對於我，野心等於殘燭，只要破紙窗外吹進一絲微風，就可以將它吹熄。

一個沒有野心的男人，必會失去所有的憑借，我必須繼續飲酒，同時找一些虛偽的愛情來，當它是真的。」

（頁200。）

「我」不是在放負，而是想「你」早日認識世界的真實，這樣「你」便可以早日適應現實。

真正的酒徒，
去到那裡，
喝到那裡。

真正的催眠，
現實虛幻，
無處不在。

催眠在酒徒的用語可以是：

意想的、隱瞞的、現實的、踏實的、超現實的、虛擬的、虛實結合的、疑幻似真的、語帶相關的、令人聯想的、有邏輯的、沒有邏輯的、童話的、夢幻的、詩化的、重覆的、天馬行空的、脫離現實的、不按常理的、醉的、引人入勝的、引人入睡的、清醒的、表達潛意識的、迷糊的、迷人的、漂亮的、彩色的、有階段的、循序漸進的、深化的、幽默的、誘導的、權威的、導人向善的、快樂的、正面的、中性的、容易的、簡潔的、冗長的、相反的、可以對比的、圓滿的、斷斷續續的、隨意的、概括性的、甚麼也是的、甚麼也不是的……

這些用語構成了一個酒徒。

《酒徒》中的感觀世界

意識走不出感官，感官走不出意識。

大玩 VAKGOT

V-- 視覺（VISION）

A-- 聽覺（AUDITORY）

K-- 觸覺（KINESTHETIC）

G-- 味覺（GUSTATORY）

O-- 嗅覺（OLFACTORY）

T-- 思覺（THINKING）

意識走不出感官，感官走不出意識。

眼、耳、鼻、舌、身、意，交織成無限的感覺，「意識流」感官之流：聲、色、香、味、解、法，其流動於無盡的空間之中，以文字刺激讀者的感官世界，從而使其容易投入故事，忘記自己，有身同感受的奇妙效果。**能激發讀者的感官世界之文學——意識文學。**

《酒徒》中大玩VAKGOT！催眠技巧：

以意識流手法在催眠技巧下，

灌醉了讀者！

我浸浴在其催眠意識流動下，醉得不能自拔！

如何打開感官世界之門？

用文字刺激你「觸覺」。

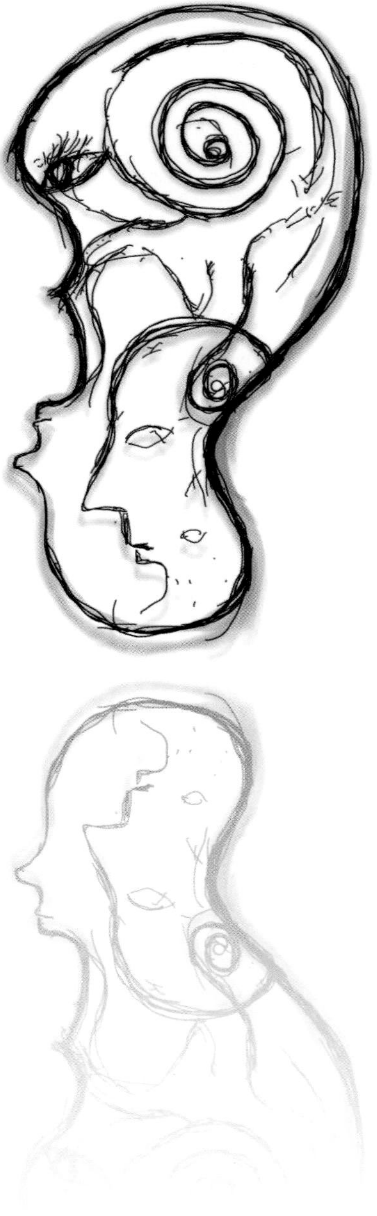

意識流文學《酒徒》中有很多視覺、聽覺、感覺上的刺激，
同樣地催眠也十分注重「視聽感」的啓發：

在催眠過程中，
催眠師常以顏色的描述，
來帶領被催眠者進入催眠狀態。

V—視覺（VISION）

用顏色把你催眠：

大玩顏色刺激：

文章中有98次以上用不用方式以顏色來形容人、物、事。

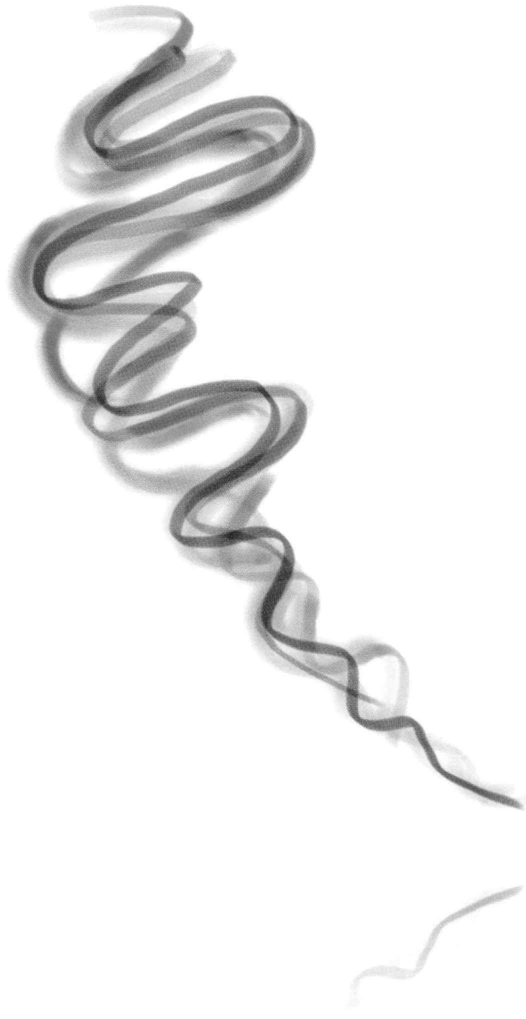

「**謊言是白色的**，因為它是謊言。內在的憂鬱等於臉上的喜悅。喜悅與憂鬱不像是兩樣東西。」（頁15。）

「**太陽是藍色**的。當李太白喝醉時，**太陽是藍色**的。當史特拉文斯基喝醉時，月亮失去圓形。」（頁43。）

「**天色漆黑**，霓虹燈的紅光照射在晶瑩的雨點上，**雨點遂成紅色**。」（頁24。）

「**黑、黑、黑、無盡無止的黑**。」（頁276。）

「**紫色與藍色進入交戰狀態**。眼睛。眼睛。眼睛。無數雙眼睛。心悸似非洲森林裡的鼙鼓。**紫色變成淺紫**，**然後淺紫被藍色吞噬**。然後**金色來了**。**金色與藍色進入交戰狀態**。忽然**爆出無數種雜色**。世界陷於極度的混亂。我的感受也麻痺了。」（頁262。）

A-- 聽覺（AUDITORY）

用聲音把你催眠

大玩聲音效果！

「**音符以步兵的姿態進入耳朵**」「音符又以步兵的姿態進入耳朵：

『煙入汝眼』，**黑人的嗓音有著磁性的魅力。**」（頁15。）

「扭開收音機，忽然傳來**上帝的聲音**。」（頁15。）

「（孕婦忍受不住產前的陣痛，在床上用手抓破床單。孩子出生後，她就不再記起痛楚。）我翻了一個身，**彈弓床響起輕微的嘎嘎聲。**」（頁48。）

「我是不想起床的；那輕微的**叩門聲具有一種磁性的力量。**」（頁48。）

「單憑聲音，我就斷定是張麗麗。」（頁52。）

「這患了傷風的感受。這患了傷風的趣味。

貓王的《夏威夷婚禮》**散出一連串Z字形的音波**」（頁80。）

黑色的洞穴中，燈被勁風吹熄於弱者求救時。於是聽到一些奇奇怪怪的聲音，原來是瘋子作的交響樂章。」（頁114。）

K-- 觸覺（ KINESTHETIC ）

用體感把你催眠

大玩體感效果！

「翻個身，**臉頰感到一陣冷涔**，原來我已經流過淚了。我的淚水也含有五百六十三分之九的酒精。」（頁24。）

「很媚。上樓時，**舉步乃有飄逸之感**。」（頁25。）

「在張麗麗面前，**我的感情被肢解了**。」（頁26。）

「感情就是這樣一種沒有用的東西，**猶如冰塊，遇熱就融**。」（頁62。）

「醉了的理性無法領悟真實的世界，只好**用遲鈍的感官去摸索一個虛無飄渺的境界**。」（頁80。）

「**四周皆是『火』，我感到窒息**。」（頁83。）

「一種不可**名狀的感覺，如同火焰一般，在我心中燃燒**。」（頁124。）

「不過，對於我，事情的突如其來，一若淋頭冷水。」（頁232。）

「除了痛，別的感覺似乎都不存在了。」（頁275。）

T——思覺（THINKING）

用想法把你催眠

大玩效果！

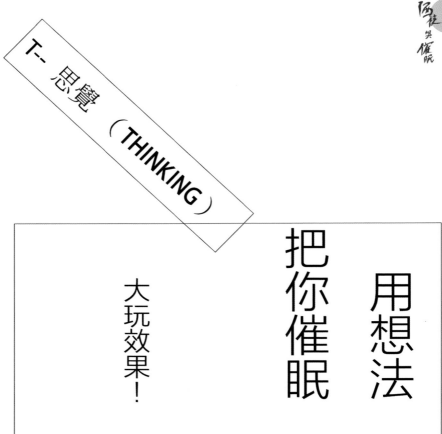

「**兩條之字形的感覺**，寒暄於酒杯中。秋日狂笑。**三十六變成四十四**。」（頁21。）

「**她的眼睛是現代的**。但是她有**石器時代的思想**。眼眶塗著一圈漫畫色彩，過分齊整的牙齒失去真實的感覺。」（頁26。）

「**有了釋然的感覺**，立刻打電話給莫雨。」（頁107。）

「我不敢看那**充滿了恐懼神情**的眼睛，心裡有一種**不可言狀的感覺**，想走，給那個徐娘攔住了。」（頁242。）

「**思想的真空，感覺突呈麻痺**。我不知道自己是否仍存在。」（頁276。）

O-- 嗅覺（OLFACTORY）

G-- 味覺（GUSTATORY）

用氣與味把你催眠

大玩氣與味效果！

「當她轉身時，她舒了一口氣，**很腥，很臭，使我只想作嘔。**」（頁19。）

「白色的門推開了，**立刻嗅到一陣刺鼻的香味**。張麗麗笑瞇瞇地走進來，手裡拿著半打康乃馨。」（頁61。）

「霓虹燈射出太多的顏色，使摩肩擦背的**行人們皆嗅到焦味**。」（頁126。）

「她格格作笑，笑聲似銀鈴。**然後我嗅到一股刺鼻**。」（頁128。）

「嚴肅的文藝工作者卻**連牛柳的香味也不容易嗅到**。」（頁121。）

「渴望做一個遁世者而不可得，走進一家燈光幽暗的咖啡店，坐在角隅處，**呼吸霉菜味的空氣**。」（頁90。）

「說夜晚的香港最美麗：是一種世俗的看法。霓虹燈射出太多的顏色，使摩肩擦背的行人們皆嗅到焦味。是情感燒焦了。」（頁126。）

O-- 嗅覺（OLFACTORY）

A-- 聽覺（AUDITORY）

T-- 思覺（Thinking）

V 一 視覺（VISION）

K-- 觸覺（KINESTHETIC）

G-- 味覺（GUSTATORY）

還有更多更多更巧妙
更有趣的催眠技巧等
待大家去發掘出來

酒徒

喝醉了

世界會反轉

酒徒=徒走=逃走

現實多麼狼狽，所以成為酒徒注定是一條不歸路，不斷**逃離**……

就算現實狼狽，回憶是多麼美，所以催眠會捉緊美好，重覆**深化**……

《酒徒》的結尾是這樣寫的：

這天下午，我在日記簿上寫了這麼一句：

「**從今天起戒酒。**」

但是，傍晚時分，我在一家餐廳喝了幾杯**拔蘭地。**

（頁291。）

酒徒是一個不斷輪迴的過程；

而催眠是一個不斷重覆、深化的過程。

「我必須**戒酒**，我想。我必須繼續保持**清醒**，寫出一部具有獨創性的小說。」（頁112。）

可是，

「鋼鐵般的意志終於投入熔爐。抵受不了**酒**的引誘，我依舊是塵世的俗物。」（頁114。）

是的，是的，我願意成為**酒**的**奴隸**。

悲這世界狹小又重來，
人還是要面對現實，
所以只好把一切都合理化。
而成為**酒徒**是：理所當然的事。
「理想在酒杯裡游泳。希望在酒杯裡游泳。雄心在酒杯裡游泳。
悲哀在酒杯裡游泳。驚惕在酒杯裡游泳。」
（頁114。）

我選擇活在「我」所建構的世界裡，用酒去麻醉我的大腦……

理想在酒杯裡游泳。希望在酒杯裡游泳。雄心在酒杯裡游泳。悲哀在酒杯裡游泳。驚惕在酒杯裡游泳。理想在酒杯裡游泳。希望在酒杯裡游泳。雄心在酒杯
理想在酒杯裡游泳。希望在酒杯裡游泳。雄心在酒杯裡游泳。悲哀在酒杯裡游泳。驚惕在酒杯裡游泳。理想在酒杯裡游泳。希望在酒杯裡游泳。雄心在酒杯
裡游泳。悲哀在酒杯裡游泳。驚惕在酒杯裡游泳。理想在酒杯裡游泳。希望在酒杯裡游泳。雄心在酒杯裡游泳。悲哀在酒杯裡游泳。驚惕在酒杯裡游泳。理
想在酒杯裡游泳。希望在酒杯裡游泳。雄心在酒杯裡游泳。悲哀在酒杯裡游泳。驚惕在酒杯裡游泳。理想在酒杯裡游泳。希望在酒杯裡游泳。雄心在酒杯裡
游泳。悲哀在酒杯裡游泳。驚惕在酒杯裡游泳。理想在酒杯裡游泳。希望在酒杯裡游泳。雄心在酒杯裡游泳。悲哀在酒杯裡游泳。驚惕在酒杯裡游泳。理想
在酒杯裡游泳。希望在酒杯裡游泳。雄心在酒杯裡游泳。悲哀在酒杯裡游泳。驚惕在酒杯裡游泳。理想在酒杯裡游泳。希望在酒杯裡游泳。雄心在酒杯裡游
泳。悲哀在酒杯裡游泳。驚惕在酒杯裡游泳。理想在酒杯裡游泳。希望在酒杯裡游泳。雄心在酒杯裡游泳。悲哀在酒杯裡游泳。驚惕在酒杯裡游泳。理想在
酒杯裡游泳。希望在酒杯裡游泳。雄心在酒杯裡游泳。悲哀在酒杯裡游泳。驚惕在酒杯裡游泳。理想在酒杯裡游泳。希望在酒杯裡游泳。雄心在酒杯裡游
泳。悲哀在酒杯裡游泳。驚惕在酒杯裡游泳。理想在酒杯裡游泳。希望在酒杯裡游泳。雄心在酒杯裡游泳。悲哀在酒杯裡游泳。驚惕在酒杯裡游泳。理想在
酒杯裡游泳。希望在酒杯裡游泳。雄心在酒杯裡游泳。悲哀在酒杯裡游泳。驚惕在酒杯裡游泳。理想在酒杯裡游泳。希望在酒杯裡游泳。雄心在酒杯裡游
泳。悲哀在酒杯裡游泳。驚惕在酒杯裡游泳。理想在酒杯裡游泳。希望在酒杯裡游泳。雄心在酒杯裡游泳。悲哀在酒杯裡游泳。驚惕在酒杯裡游泳。

理想在酒杯裡游泳。希望在酒杯裡游泳。雄心在酒杯裡游泳。悲哀在酒杯裡游泳。

酒在那裡，

我在那裡。

喝酒也是一種尋找「真性情」的過程，也可以是一種催眠。催眠狀態可以被激發，如喝酒般：
「一杯。二杯。三杯。四杯。五杯。」(頁16。)

慢慢地……慢慢地……一步又一步進入催眠狀態。

酒

酒

酒

劉以鬯在《酒徒》中借主角「酒徒」的口說：

「從某一種觀點來看，探求內在真實不僅是『寫實』的，而且是真正的『寫實』。」

可是，人根本無法完全了解自己，只能接近自己內心多一點。

「哲學家的探險也無法從人體的內部找到寶藏。」（頁16。）

不過，哲學家會嘗試找出了解內心的地圖，催眠也是。

酒徒的理想生活：

1. 努力成為小說家。
2. 要成為小說家必須戒酒。
3. 戒了酒，寫嚴肅文學，作品得到賞識，生活得到改善。
4. 生活得到改善，可以找一個愛的人。

酒徒的現實生活是：

1. 寫不寫色情小說呢？
2. 沒有酒如何寫作呢？
3. 有人欣賞嚴肅文學？
4. 可能「我」太放蕩，而男人不壞，女人不愛，所以受一個又一個女人挑逗？

現實就是陰差陽錯，成為酒徒必須痛，而酒徒必須醉。

「社長對小說一無認識，對於他，小說與電影無別，動作多，就是好小說，至於氣氛、結構、懸疑、人物刻劃等等都不重要。」（頁54。）

舞照跳、馬照跑、車照撞，有甚麼稀奇？

愛情本是世界最不可信之事，所以酒徒必須自甘墮落。

「她塞了兩百塊錢給我，想購買廉價的狂熱。她不像是有感情的女人。她的感情早已凝結成冰塊。」（頁76。）

「我的故事走進一個荒唐的境界，廉價的香水正在招誘我的大膽。」（頁77。）

她的廉價、她的香水，在一步一步引「我」犯罪。

就算世上有真愛，「我」早已主觀把愛看得廉價，而「我」必須醉。

沒有事業、沒有女人、沒有金錢……

成為酒徒的**秘訣**是一無所有，只剩下酒的陪伴。

「對酒的渴望，猶如黑暗需要燈籠。」（頁73。）

一個人如果從不開放自己，不會享受喝酒的樂趣。

「**魚離開海水，才懂得怎樣舞蹈。**」（頁73。）

喝酒後，「我」會看到一個現實從未看過的世界。

喝第一杯酒，完全沒有感覺，因為「我」還在很清醒的狀態。

剛開始催眠時，「我」還是很清醒。

「當我喝下十杯威士忌時，我會知道的。」

（頁 128。）

伏特加、威士忌酒是酒徒人生不可或缺的部份，但不會是同一瓶，而是隨不同心情喝不同的酒。

「有了酒櫃總不能沒有酒」、**「半瓶『黑白』威士忌、幾杯 VAT69 威士忌」**（頁 102。）、**「酒櫃裡放滿酒瓶」**（頁 125。）

雖然**「酒不是好東西，但不能不喝。」**（頁 25。）

有了酒，甚麼也是原因。

酒是激活的一切思想的泉源。

猶如用刀剪出來的紙屑

思想是無軌車

思想等於無向風

猶如勁風中的飄下

思想與風扇究竟不同

紛紛落在大海裡

思想極零亂

它不會停頓 思想凌亂

消失後又

來 來

了又消失

思想等於無向風

思想猶如剛*撳熄的風扇　仍在轉動*

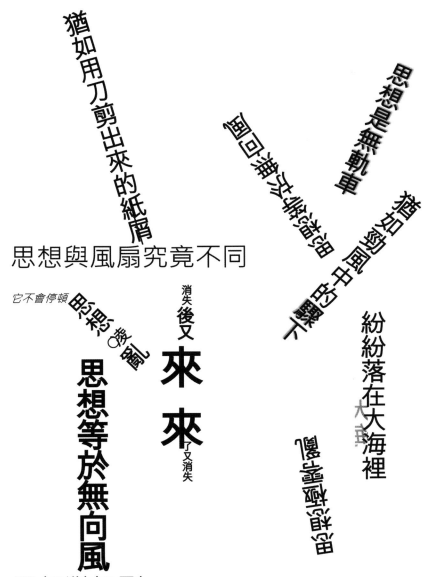

「人生變成了『善與惡的戰場』，潛意識對每一個人的思想和行動所產生的影響，較外在的環境所能給予他的大得多。」（序，頁11。）

現實太多美與醜的對立，所以酒對酒徒尋找潛意識很重要。催眠對一個人進入潛意識也很重要。喝酒是一個讓人放下意識的過程，逐步使人進入催眠。

於是，「我」成為了職業的酒徒。

酒後吐真言 —— 局目子

酒逢知己千杯少，和我老師——文心，之相遇是一個難得的緣份。有他的教導，我對催眠產生了濃厚興趣！要把催眠的技巧提煉至濃到醇是一條很漫長的路。

由於文心老師的關係，我拜讀了《酒徒》。意識流文學打開了我智慧的天窗，放眼長空，才明白天外之天，人外之人。人生的相遇是久別重逢，一事一物、一人一情、一相一遇，也許是「共時性」的完美演繹。對酒當歌人生幾何！在寫《酒徒與催眠》的過程中，有如醉酒中高歌之快，人生幾何而快的事有幾多？莫使金樽空對月！《酒徒與催眠》是一本絕非易讀的書，讀之前更要再三拜讀《酒徒》之後才能看到《酒徒與催眠》中的色彩。本著「人生幾何」的我，以借醉放任的狂行，憑著三分清醒七分醉的心，寫了這本市場不可能大賣的書，但寫畢這書後，卻又自我感覺良好！哈哈！這也許就是酒徒之性！哈哈哈……

以酒與催眠會友 —— 文心

局目子為人豪放不羈，我是真欣賞他的狂。同一時間，他的骨子裡卻是謙遜待人，他亦是我近年難得認識的忘年之交。我們有很多共同的興趣，包括：中國武術、易經、心理治療等數之不盡。我和他常作催眠的分享、切磋砥礪、深入交流，才驚覺自己的不足，亦因他令我的催眠技巧改善不少。

我當然稱不上局目子先生的老師，只是比他早一點認識催眠而已。韓愈的〈師說〉裡提到：「生乎吾後，其聞道也亦先乎吾，吾從而師之。」在他身上，我看到了一份非常值得學習的態度。

催眠主要分為四個階段：導入、暗示、建議和導出。如以喝酒為例，導入便是指醞釀喝酒的情緒。喝酒無非為了抒發情緒。無論是讓人開懷的事或是遇到挫敗，受到刺激便讓酒徒冒起喝酒的念頭。喝酒的慾望在腦海迴盪不休，到了一個不能自拔的境地，非喝不可；暗示就是喝酒後的嘮叨，喋喋不休，酒後吐真言；建議就是半睡半醒，想醉卻又未醺醉，總會說一兩句自己希望達成的夢想；導出就是酒醒後的世界，再一次提醒我們：人還是要面對現實的。

每個人實施催眠，效果不同。酒亦有優劣之分，想喝好酒，酒的質量也是同樣重要的。

我們每一個人都有潛質去學習催眠，因為催眠原本就是很個性化以及與生俱來的事。

在我看來，催眠不止是一種技巧，也是生活和人生；在我看來，酒徒喝的也不是酒，是一種文人現實與理想的無奈。

普通人喝的是酒；
男人喝的是寂寞；
酒徒喝的是無奈；
而我和局目子喝的是感情。

人生得一知己者死，飲啦！

所謂飲水思源，最後我亦想再三感謝支持我的親戚、朋友。下列各位亦提供贊助，令此書得以順利完成，謹此致謝，排名不分先後（按筆劃序排列）：

伍文彬先生	何健華先生	何樹華先生	局目子先生	張文瑜先生
張仲賢先生	梁文俊先生	梁俊威先生	梁俊基先生	葉海敏先生
廖燕琼女士	劉鳳珍女士	謝春華先生	鄺宏天先生	
Alan Chan	Alvin Wong	Anson Cheng	Fredrick Wong	Fremenda Wong
Ray Ip	Roy Choi			

何偉華先生&Hafize	何漢強先生&程慶容女士	香耀枝先生&莫映笑女士
張志光先生&張安怡小姐	梁多敬女士&葉蘊妍小姐	梁志棋先生&陳彩弟女士
梁建璣先生&陳慧儀女士	梁海林先生&陳群好女士	梁海容先生&邱妙蘭女士
梁海清先生&梁劉福女士	梁笑枝先生&梁鳳章女士	梁勝發先生&馮少芬女士
郭金培先生&劉麗華女士	陳森昌先生&吳麗珠女士	麥連安先生&高婉貞女士
曾根森先生&梁映笑女士	湯永雄先生&劉淑華女士	黃奕森先生&顏妙冰女士
劉沛帆先生&莫曉怡女士	劉沛賢先生&梁永蘭女士	劉焯良先生&梁煥英女士
鄭惠強先生&馮少芳女士	蕭漢強先生&彭妙嫦女士	
Becky & Patrick	Cyan & Jason	Emily & Nelson
Helen & Valient	Lilian & Jimmy	Pamela & Duke
Swanna & Sam		

此外，我亦要再次特別答謝在香港警察書畫學會教畫逾十五年、龍津書研社會長馬如堅先生為本書題的百酒圖，實不勝榮幸。

有你們，這本書才算圓滿。

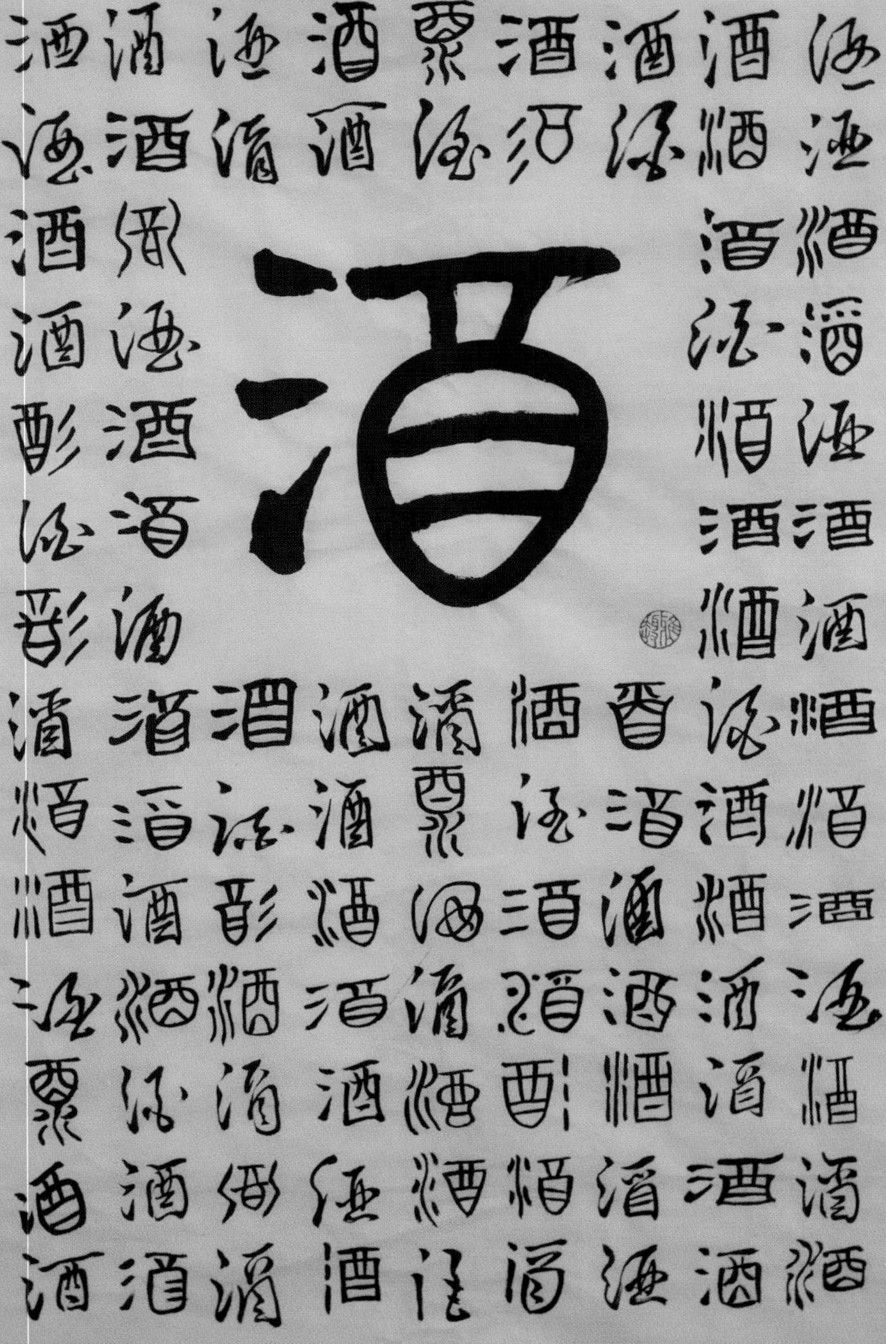
酒

You must not lose faith in humanity. Humanity is an ocean; if a few drops of the ocean are dirty, the ocean does not become dirty.

— Mahatma Gandhi

不需對人性失去信念。人性就如海洋，就算當中有數滴污染，海洋也不致被污染。

— 聖雄甘地

酒徒與催眠

作　　者：局目子
　　　　　文心
編　　輯：Cherry
封面設計：Eli Chung
排　　版：Leo
出　　版：博學出版社
地　　址：香港香港中環德輔道中 107-111 號
　　　　　余崇本行 12 樓 1203 室
出版直線：(852) 8114 3294
電　　話：(852) 8114 3292
傳　　真：(852) 3012 1586
網　　址：www.globalcpc.com
電　　郵：info@globalcpc.com
網上書店：http://www.hkonline2000.com
發　　行：聯合書刊物流有限公司
印　　刷：博學國際
國際書號：978-988-79343-7-0
出版日期：2019 年 7 月
定　　價：港幣 $98

© 2019 博學出版社版權所有，未經出版者書面批准，不得以任何形式作全部或局部之翻印、翻譯或轉載。

Published and Printed in Hong Kong
如有釘裝錯漏問題，請與出版社聯絡更換。

facebook.com/globalcpc